美紅 Miku

U35 Umiko illustrator

進化の実 11

知らないうちに勝ち組人生

モンスター文庫

「未知なる食べ物を食べた私を
止められる者は……主様しかおらぬ」

「そこは冷静なんだね」
つっ
オリガ
元暗殺者
ルルネ
ロバ

ルーティア
魔王の娘
「お父さん……お父さん。私。ルーティア。分かる？」
「ああ……分かる。分かるよ」
ゼファル・ビュート
魔王

進化の実
～知らないうちに勝ち組人生～⑪

美紅

MONSTER bunko

Contents

褒賞についての話し合い

「……ごめんなさい。変なところを見せたわね」

二人が抱きしめ合ってからしばらく経つと、少し鼻をすすりながらアメリアはそう言った。

「いや、そうは思わないけど……その、二人は姉妹なのか？」

「ええ。異母姉妹ってヤツね」

「お姉ちゃんが正室の娘で、私が側室の娘なの。まあブルードと似た感じね」

「な、なるほど……」

まさかFクラスに王族が二人もいるとは思わなかった。

新事実に驚いていると、落ち着いたアメリアが真剣な表情で俺を見る。

「誠一。改めて言うけど、貴方には本当に助けられたわ。まあその方法は予想外過ぎたけど……」

「……」

「だからこそ、貴方には褒美《ほうび》を渡さなければいけないわ」

「別に褒美が欲しくてやったわけじゃ……」

「貴方はそうかもしれないけど、私たちは確かに助けられたし、ここで貴方に何も返せなかったら国の沽券《こけん》にかかわるわ。もちろん、その功労者であるあなたの意見を無視して、国の事情を押し付けるのはどうかと思うけど……」

「い、いや……さすがに国の事情を押しのけてまで個人の意思を押し付けるつもりはないから、もう褒美の件はいいんだけど……」

だいぶ前にランゼさんを助けた時も似たようなことを言われたけど、国を率いる人って大変だなぁ。てか、そんなことをいちいち考えなきゃいけないなんてめんどくさそう。

手助けしたかったから手助けしただけなのに何で「はい、ありがとう」じゃ終われないんだろうか。いや、俺がそう駄々こねても仕方ないんだけどさ。

それに、言った通り国の事情を押しのけてまで、俺の我がままを通すつもりはない。てか、そんなこと小心者の俺には無理だ。

俺の反応に、アメリアが安堵《あんど》のため息を吐いた後、また表情を改める。

「ふう……そう言ってもらえると有難いけど、私も今すぐ貴方に対する褒美が浮かばないわ。なんせ、戦争を一人で止めちゃったんだもの……」

「……そうよね。よくよく考えたら、カイゼル帝国対ヴァルシャ帝国の戦争だったのに……誠一先生はそれを一人で解決しちゃったのよね……」

「そうなのよ……だから、普通の褒美じゃどう考えても釣り合わないのよ……」

ヘレンとアメリアは、そう言いながら同じように頭を抱えた。いや、ごめんなさい。

でも、俺自身も特に欲しいものはないのだ。

お金も困ってないし、武器も防具もいらない。

ランゼさんの時は、俺がまだ魔法を上手く使えてなかった頃だから、フロリオさんに魔法を教えてもらうということで何とか納得してもらえたんだけど……。

アメリアの後ろに控えているリエルさんとスインさんも、同じように俺への褒美とやらで頭を悩ませているが、答えは出ないようだ。

しばらくの間そんな時間が続いたと思うと、やがてアメリアはため息を吐く。

「……ダメね。今すぐこれっていうモノが浮かばないわ。それで、申し訳ないんだけど……誠一には一日でいいから、この城に泊まって行ってくれないかしら？」

「え？」

「せめてものってワケじゃないんだけど、最高のおもてなしをさせてもらうし、何とか明日までにその褒美のことも考えておくから……どうかしら？」

「えっと……」

戦い自体は終わったし、暇《ひま》と言えば暇なのだが……サリアたちには連絡しとかないとな。

「多分大丈夫だけど……」

「本当に⁉　なら、昨日使ってもらった部屋で、もう一泊してちょうだい！　昨日はそこまで余裕なかったけど、美味《おい》しいものを御馳走するし、この城には自慢の大浴場があるからね。そこも楽しんでいってちょうだい」

俺の返答に目を輝かせ、アメリアはそう言った。

ランゼさんのお城にもお風呂があったけど、やっぱりお城には大浴場がセットなのかね。こう、権力や財力の象徴の一つとしてさ。

そんなことを思っているうちに、あれよあれよと俺はメイドさんに連れられ、また昨日泊まった部屋まで案内されるのだった。

◆　◆　◆

誠一が部屋を出ていったあと、アメリアたちはまだ話し合いを続けた。

「ひとまず、誠一には明日まで待ってもらうように言ったけど……」

「お姉ちゃん、大丈夫？　その……話だけ聞いてたら、とても褒美なんて用意できそうにないけど……」

「そうですね……正直、功績が大き過ぎて、参考にできるものもありませんから……」

「そうなんだよねぇ……普通なら、いかに国庫を痛めることなく、相手を納得させられるかとか考えるんだろうけど……まさかこっちの懐事情とか抜きで、どうすれば本気で満足してもらえるか考えることになるなんて思わなかったよ」

「そうなのよ……昔いた、バカ貴族どもに褒賞を与える時とは状況も心情も違い過ぎて、正直何も分からないのよ……」

皆あれこれと誠一に対する褒賞内容を言い合うが、中々いい案が出てこない。

というのも、誠一自身が告げたわけではないが、お金に困っているようにも見えず、武器や防具も誠一が身に着けている以上のモノはヴァルシャ帝国にはない。

このまま話し合いが迷宮入りするかと思われたが、アメリアは何か決意した様子で顔を上げた。

「……私、決めたわ」

「え？」

「決めたって……褒賞の内容ですか？」

ヘレンたちの視線がアメリアに向くと、アメリアは頷いた。

「ええ――私、誠一に嫁ぐわ」

「「「はっ⁉」」」

アメリアの予想外の発言に、全員固まった。

だが、アメリアはそんな様子を気にせずに続ける。

「正直、今のヴァルシャ帝国に誠一を満足させられるようなモノはないわ。それなら、もう女帝である私を渡すしかないと思うの」

「ちょ、ちょっと、お姉ちゃん⁉ それ、本気で言ってる⁉」

「本気よ？　幸い、私は見た目はいいみたいだし、何度も他国の王侯貴族から求婚されてきたわ。それでも断ってたのは、ここぞという時のため……つまり、ヴァルシャ帝国の未来のために残しておいたのよ。でも、正直そろそろこの手札も年齢的に使えなくなると思ってたの。やっぱり、若い方が効力はあるしね」

「そ、その……確かに外交として、他国の王族と婚姻することはありますが、褒賞でそれはどうなんでしょうか……？」

ヘレンの次に正気に戻ったリエルが、恐る恐るそう告げる。

「まあ、誠一からするといい迷惑かもね。というか、褒賞にすらなってないかも……」

「じゃ、じゃあなんで？」

「もうあげられるモノって言えば、私自身と地位……つまり、この国の王という地位くらいしかないのよ。だって、誠一がいなければこの国は滅びてたんだし」

「そ、それは……」

実際、誠一がいなければヴァルシャ帝国はなくなっていたため、誠一が王になること自体はさほど問題がないとアメリアは考えていた。

というのも、もし仮に誠一と結婚して、誠一が帝王になったとしても今まで通り執政はアメリアがする予定だったからだ。

「それに、こう言っちゃなんだけど、誠一との婚姻は確実に大きな外交手段の一つになるわ。

それだけ、誠一の戦闘力はおかしいのよ」

「……否定できないわね」

誠一のデタラメ具合を知っているヘレンは、確かに誠一という存在が外交において強力な手札になることを理解していた。

「……ま、私をあげるといっても、受け取るかどうかも分からないし、今のところ他に候補もないから、とりあえず聞くだけ聞いてみましょ」

最後にアメリアはそう締めくくると、ひとまず誠一への褒賞の話し合いは終了するのだった。

褒美の行方

翌日。

改めてアメリアに呼ばれた俺は、再びアメリアの執務室を訪れた。

昨日は褒美がどうとかで少し揉めたが、果たしてどうなることやら……。

あの話し合いの後は、アメリアの言う通り御馳走や大浴場にも行かせてもらって、至れり尽くせりな対応をしてもらったため、正直これ以上褒美といわれても困るというのが俺の気持ちだ。これ以上何かしてもらうと、俺の精神的に申し訳ない気持ちになる。

そんなことを考えながら部屋の中に入ると、アメリアとヘレン、そしてリエルさんとスインさんが集まっていた。

ただ、何やら全員そわそわしており、なんとなく様子がおかしい。

俺は首を傾げながらも口を開く。

「えっと……こうして呼ばれたってことは、何がもらえるのか決まったのか？」

「え、ええ。そうね」

「なるほど……」

「……」

「…………」

………あれ？

決まったんだよな？

何故か黙った状態の……しかも、よく見ると顔が赤いアメリアに、俺は嫌な予感がした。

なんだろう、具体的に何がどう嫌なのかは分からないが、この後絶対にややこしくなるような展開が待ってる気がする……！

謎の第六感が働き、今すぐにでもこの場から帰りたい衝動に駆られていると、一向に口を開く気配のないアメリアに背後で控えていたリエルさんがおずおずと口を開いた。

「その……陛下《へいか》。黙ったままでは、誠一殿も何がなんだか分からないかと……」

「わ、分かってるわよっ！」

アメリアは一度咳払いをすると、頬を赤く染めたまま俺をまっすぐ見つめる。

「誠一。貴方に与える褒賞を言うわね」

「は、はい」

相手の様子に思わず俺も居住まいをただすと、アメリアさんは高らかに言い放った。

「貴方への褒美は――――私よッ！」

「はい！　………はい!?」

今、なんて言いました？

わたし？　ワタシ？　WATASHI？　それともタワシ？

「私よ、私！　ヴァルシャ帝国の女帝であるこの私が、貴方への褒美だって言ってんの！」

「いやいやいやいや！　ちょ、ちょっと待ってくださいよ！」

「なんで待たなきゃいけないのよ⁉」

「え、俺がおかしいの⁉」

待ってほしいと思うのは普通じゃない⁉　だって話についていけてないよ、俺！

「何をどうしたらそんな結論に至るんだ⁉」

「文句ある⁉」

「なにゆえケンカ腰⁉」

顔を真っ赤にしたまま、俺にそう言い切るアメリアにただただ困惑《こんわく》することしかできない。

すると、そんなアメリアの様子を見かねたスインさんが苦笑しながらアメリアさんに言った。

「陛下。ちゃんと説明しないと、誠一殿には何も分からないよ。ほら、何も分かってない誠一殿が困惑してるじゃないですか」

「そんなの、黙って受け取ればいいのよ」

「んな無茶苦茶な……」

黙って受け取れるわけないでしょう。

あまりにも無茶苦茶なアメリアに、スインさんはため息をつく。

「はぁ……昨日の話し合いでは、一応誠一殿に提案するだけで、受け取るかどうかは誠一殿の自由という話だったでしょう？　何をどうしたらそんな強引な展開になるんですか……」

「だ、だって……こういう経験ないし、どうしたらいいのか分からなくなっちゃって……」

「そんな自分を差し出すような経験がそうそうあってたまるもんですか」

まったくもってスインさんの言う通りだと思います。

スインさんの言葉に内心で頷いていると、スインさんは俺に視線を向けた。

「仕方ないから、私の方で説明させてもらうけど……ハッキリ言うと、今のヴァルシャ帝国に誠一殿の働きに見合うだけの褒美となるものがないんだ。いや、全盛期のヴァルシャ帝国でさえ、誠一殿に渡せるようなものはないだろう。それほどまでに誠一殿のしたことは素晴らしいことなんだ」

「はあ……」

「だからこそ、陛下は決断したんだ――――その身を誠一殿に差し出すとね」

「はい、そこぉ！」

俺は思わずそうツッコんだ。

「渡せるようなものがないところまでは理解できたけど、何をどうすればそんな結論に⁉」

「簡単な話だよ。ヴァルシャ帝国の女帝であるアメリア様を差し出せば、実質誠一殿にヴァルシャ帝国を差し出すのと同じ意味だってことさ」

「無茶苦茶だ……それにしたって、そのヴァルシャ帝国を守るために戦ってたのに、結果的に俺に渡してちゃ意味がないでしょう……」

「そこはほら、誠一殿を信頼しているからさ。誠一殿なら、たとえヴァルシャ帝国を手に入れたとしても、好き勝手な政治を行おうとか考えないだろう？」

「そりゃあ……国なんかもらっても、どうすることもできないから今まで通りにっていうと思うけど……」

「そういうことさ。誠一殿になら、たとえヴァルシャ帝国を引き渡してもヴァルシャ帝国として存続することができる……そう考えたんだよ」

何をどうしてそんな結論に至ったのかは分かったが、やはり俺には荷が重いし、何よりもう俺にはサリアたちがいるのだ。

スインさんの説明を受けていると、焦れた様子でアメリアが再び口を開く。

「ああ、もう！　何が問題なのよ！　貴方は私も手に入るし、国も手に入るんだからいいじゃない！」

「そこでよかったねと思えるほど図太くないんですが⁉」

小市民を舐めないでほしい。

悲しいことに胸を張っていると、アメリアは唸った様子から一変し、何やら名案が浮かんだと言わんばかりに晴れやかな表情になった。

「そうだわ！　それじゃあ、私だけでなくヘレンもつけるわ！」

「「へ⁉」」

完全に無関係を貫《つらぬ》いていたヘレンに、突然話題が飛び火した。

「ちょちょちょ、ちょっと、お姉ちゃん⁉」

「仕方ないでしょ？　これもヴァルシャ帝国のためよ！」

「いや、そうかもしれないけど……！」

「なら、ヘレンだけでなくリエルとスインもつけるわ！」

「わ、私も⁉」

「おー……完全に暴走し始めたねぇ」

もはや制御不能のアメリアに、ヘレンとリエルさんは驚き、スインさんは遠い目をしていた。

いや、遠い目をしたいのは俺の方なんだが……。

というか、俺の感じていた嫌な予感が的中しちゃったじゃん……だから帰りたかったのに……。

俺が目の前にいるにもかかわらず、言い合いを繰り広げる四人。

その姿に部屋に帰っちゃダメかなと考えていると、突然執務室の扉がノックされた。

「何よ⁉　今こっちは忙しいんだけど⁉」

そう言いながらもちゃんとアメリアは部屋に入るように言うと、一人の兵士が慌てた様子で転がり込んできた。

「へ、陛下！」

「？　どうしたのよ、そんなに慌てて……」

「に、庭が……庭が大変なことになっております！」

『は？』

俺たちは顔を見合わせると、その庭とやらにひとまず向かうことにするのだった。

木の進化？

「な、何よ、これ……」

慌てて飛び込んできた兵士さんに連れられ、宮殿の庭に移動した俺たちだが、その目の前の光景に思わず目を見開いた。

それは――。

「こんな……こんな巨大な木、生えてなかったでしょ!?」

そう、突然この宮殿の半分を覆《おお》ってしまうような、巨大な樹木が庭に生えていたのだ。

昨日まではこんな木、生えてなかったし、どこから生えてきたんだ？

……もしかして、俺が封魔の森に使用した魔法の効果がここまで及んでしまったとか？

色々と不安なことが頭をよぎるが、どうもそんな理由じゃない気がする。

しかも、何だか嫌な予感が――。

『おや、誠一様。それに皆さんもお揃いで』

「「……」」

突然、目の前の巨木から目や口が出現し、俺たちは声をかけられた。

嫌な予感はしていた。していたけど……！

「お前かよ⁉」

『？　おかしなことを聞きますね。どう見ても私じゃないですか。木です』

「木なのは見れば分かるよ⁉」

俺が言いたいのはただの木じゃなくてあのしゃべる木……ってクソややこしいな！

俺が思わず目の前の巨木相手に突っ込んでいる中、アメリアたちは呆然としており、ヘレンに至っては諦《あきら》めのようなため息を吐いていた。

「はあ……まあ誠一先生だしね。この大きな木の知り合いがいてもおかしくないわよね……」

「誤解です！　俺がこの木をしゃべれるようにしたわけじゃないからね⁉　元々はアメリアの力が原因なんだからな⁉」

「ちょ、ちょっと待ちなさいよ！　確かに私は貴方を見張らせるために木に命を吹き込んだけど、こんなに大きくなかったでしょ⁉　それに、とうに役目を終えたんだからその命も消えているはずよ！　なんでこんなことに⁉」

アメリアにとってさえ、完全に予測できていなかった事態らしく、混乱している。

「……スイン。私はもうついていけない」

「リエル、私もだから安心して。どう考えてもアメリア様っていうより、誠一殿の影響が大きいと思うし……」

何やらリエルさんたちもこの状況に現実逃避を始めているが……正気に返ってください。俺も現実逃避したいんです。

何がどうしてこんな大きな木になったのかまったく分からないでいると、目の前の巨木は呆れた様子で口を開く。

『何をそんなに困惑しているのかと思いきや……私の姿が違うことに困惑していたのですか？　酷《ひど》いですね！　ちょっと大きくなっただけなのに、私が分からないなんて……誠一様と私の絆はその程度だったのですか⁉』

「ちょっとどころじゃないし、お前との絆ってなんだよ⁉」

俺の中では散々コイツに振り回された記憶しかないんだが。

「いや、そんなことはどうでもよくて……」

『どうでもいい⁉』

「お前、なんでそんなに大きくなってるの？」

巨木の反応を無視しつつ、俺は素直に本題に入る。

今までの木は、普通にしゃべってる感じだったのに、大きくなったことで声もどこか厚みが増し、何だか脳に直接語り掛けてきているようにも感じる。本当に何があったんだ？

『ふむ……何故大きくなったのかと言われれば……正直、私にも分かりません』

「は？」

『今朝、この庭にちょっと根を下ろそうとしたらこうなりまして……』

「待って、コイツ、この城の庭に居座る気だったわけ？」

『木だけに、【居座る木】……なんて』

「コイツ燃やしていいかしら？」

いいとは思うが、ちょっと落ち着いてほしい。

「いや、お前の意思でその姿になったわけじゃないのは分かったが、何か思い当たる原因は本当にないのか？」

『そうですね……考えられることといえば、私がこの庭に根を下ろそうと思ったのも、元々私に与えられていた役割を終えたからで、元の木に戻ろうとしていたわけですが……恐らく、誠一様としばらく行動したことで、誠一様の非常識が少し伝染したのかと』

「非常識の伝染って何⁉」

「なるほど……誠一が原因ってわけね」

「やっぱり」

「誠一殿のせいなら……」

「納得したね」

「泣いていい？」

なんで俺のせいになったのかも分からないし、それで納得されちゃうのもどうなの？　こんなに普通なのに。

『まあいいじゃないですか。私、これでもこの姿になったことで、魔力を生み出す力を身に付けたんです』

「え？」

『ですから、この宮殿内には私から生み出された魔力もあり、よりスムーズに魔法が使えるようになるということです』

「それはつまり……回復の間を利用しなくてもいいってこと？」

『そういうことになりますね。もちろん、誠一様がくり貫き、新たにそこに誠一様の魔法で木々を生やした封魔の森の一部でも魔力が漂っているので使えますが……やはり一部であることには変わらないので、この帝都にまで魔法を使えるようになる影響は与えられないのです。そこで、この私が登場！　というわけですね』

しゃべり方とかは腹立つが、この巨木の能力は確かにヴァルシャ帝国にとっては有難いだろう。コイツのおかげで魔法が使えるって言ってるんだから。

ただ、アメリアたちは微妙な表情で、どこか複雑そうだった。

そんなアメリアたちを少し同情的な目で見ていると、巨木は俺に視線を向け、ドヤ顔を決める。

『どうです？　誠一様。この進化した私は！　気に入りましたか？　木だけに』

「鬱陶《うっとう》しさも進化してね？」

いや、元々鬱陶しいヤツだったけど。

『というわけで、私はこの庭で神木《しんぼく》として生きていこうと思ってます』

「自分で神木って言っちゃうの？」

『誰も言ってくれないのでね！』

くそ前向きだな、おい。

巨木の様子に呆れていると、巨木は偉そうな表情で俺たちを見てくる。

『ところでいいんですか？』

「ん？　何が？」

『私、神木ですよ？』

「自称な」

『自称じゃないです！　そんな罰当たりな態度でいいんですか⁉　もっと敬いなさい！　さあ、さあ、さあ！』

「って言ってるけど？」

「切り倒しましょう」

アメリアが無表情でそう決断すると、兵士さんに切り倒すための指示を出そうとし始めた。

『ぎゃああああ！　暴力反対！　自然破壊ですよ！』

「一本くらいなら問題ないだろ？」

『そうやって人間は自然を破壊していくんですよ！』

めちゃくちゃ納得してしまった。

いや、本当に……人間って身勝手な生き物だからな……そんな一言で終わらせていい問題でもないけど……。

『いいんですか⁉　私がいなくなっても！　確かに誠一様のおかげで直面していた問題は解決しました！　ですが、帰ってこない兵士たちに疑問を覚えたカイゼル帝国がまた進撃してくるかもしれないんですよ⁉　その時に魔法が使えた方がお得でしょう⁉』

「ま、まあそれはね……」

『でしょう⁉』

ここぞとばかりに目を輝かせる巨木だが、リエルさんがふと何かに気づいた様子で呟《つぶや》いた。

「だが……それだと相手も魔法を使えるわけだよな？」

「あ、そうだね。それに、そうなると元々魔法が使いなれてるカイゼル帝国にとって有利なんじゃ？」

『……』

リエルさんとスインさんの言葉に完全に沈黙してしまった巨木。

それを見て、アメリアさんは頷いた。

「やっぱり切り倒しましょう」

『お慈悲をおおおおおお！』

さっきまで神木とか言ってた姿はどこに消えた。

巨木が縋《すが》り付くという普通ではまず考えられないような状況に、感覚が麻痺してきている俺たちは呆れていると、アメリアはため息を吐いた。

「はあ……まあ切り倒すまではしないわよ。アンタが誠一を連れてきてくれた事実は変わらないんだし、魔法が使えるようになるってのも悪いことばかりじゃないわ」

『お、おお！　陛下……！』

「問題は、この国で回復魔法以外をどう習得するかなのよね……カイゼル帝国がほとんどの場所を侵略している中、他国から魔法の先生を招き入れることも難しい――」

そこまで言いかけたアメリアだが、何かに気づくと、勢いよくヘレンに顔を向けた。

「そうよ、そうじゃない！」

「お、お姉ちゃん？」

「ヘレン、貴女が私たちに魔法を教えるのよ！」

「え？」

アメリアはヘレンの肩を掴むと、真剣な表情で告げる。

「今この国に、魔法のことを学んできた人間は貴女しかいないわ！」

「そ、それはそうだけど……私が使えるのも火属性だけだし……」

「それでもいいのよ！　剣術と同じで、魔法にだって共通の基礎があるでしょ？」

「ま、まあ……魔力の操作とかはそうだけど……」

「そういったことを、貴女が私たちに教えるのよ！」

「私が……」

ヘレンは呆然とすると、恐る恐るといった様子でアメリアに訊《き》く。

「私が……この国の役に立てるの？」

「……」

「お姉ちゃんの……役に立てるの……？」

「ええ！」

アメリアのその言葉を聞くと、ヘレンの目は徐々に潤みだし、涙がこぼれ始めた。

「ちょ、ちょっとどうしたのよ⁉」

「ご、ごめん……私、お姉ちゃんの役に少しでも立ちたくて……それで魔法を勉強するためにバーバドル魔法学園に行ったのに、そこでも魔法が使えなくて……落ちこぼれで……私が国を出た意味って何だったんだろうって……」

ヘレンは今まで溜まっていた思いを吐露する。

「このまま何もできず、終わっちゃうのかなって……でも、誠一先生のおかげで魔法が使えるようになって……今までの勉強も無駄にならなくて……」

そこまで言うと、ヘレンはついに耐え切れず、泣き始めた。

「よかった……よかったよぉ……私でも、お姉ちゃんの役に……」

「……バカね。役に立つとかじゃなくて、私は貴女が大切だから……いてくれるだけでいいのよ」

アメリアは少し鼻声になりながらも、ヘレンを優しく抱きしめた。

それを見て、スインさんやリエルさんも鼻をすすっている。

……もう大丈夫そうだな。

そう思った俺は、その場からそっと移動すると、転移魔法でサリアたちのもとに帰るのだった。

◆◆◆

「ぐす……ごめんなさい、お姉ちゃん」

「いいのよ。それで、引き受けてくれるかしら？」

アメリアの言葉に対し、ヘレンは涙を拭うと、力強く頷いた。

「任せて！　私が、皆に魔法を教えるわ！」

そんなヘレンの様子に、アメリアも満足げに頷く。

「ありがとう。……誠一、ヘレンのことを含め、貴方には本当に世話になったわ。だから、やっぱり褒賞は私を――」

そこまで言いかけ、アメリアは気づいた。

「……誠一は？」

「え？」

「……あれ？」

「……いない、ですね……」

必死にあたりを見渡すアメリアたちに対し、巨木が声をかけた。

『ああ、誠一様なら帰りましたよ？』

「へ？　か、帰った？　部屋に？」

『いえ、元の国に』

「「「えええええええええ⁉」」」

巨木の言葉にアメリアたちは驚きの声を上げた。

「アイツ……私たちからの褒美を受け取らずに帰ったの⁉　なんで⁉」

「め、面倒くさかったんじゃないかしら？」

「面倒くさい⁉」

ヘレンの言葉に愕然としたアメリアは、徐々に肩を震わせる。

そんなアメリアに、リエルが恐る恐る声をかけた。

「あ、アメリア様……？」

「……いい度胸じゃない」

「へ？」

そして顔を勢いよく上げると、空に向かって叫んだ。

「上等よ！　なら私はアンタが受け取るまで絶対に逃がさないんだからね！」

「あ、アメリア様⁉」

「何が何でも私とヘレン、それにリエルとスインを受け取ってもらうんだからあああああああ！」

「私たちも⁉」

もはやアメリアの中でヘレンたちも一緒に褒美にしてしまうことが決定していた。

「何よ、文句ある⁉」

「い、いえ、文句といいますか……確かに誠一殿はよい殿方だと思いますが、その……いきなり過ぎると言いますか……」

「どうせ相手いないんだしいいでしょ⁉」

「酷い⁉」

「私は別にそれでもいいかなぁ。結婚とかには興味あったけど、相手探すのも面倒くさかったし」

「それでいいのか、スイン！」

「いいんじゃない？　だって誠一殿、すごく優秀だよ？」

「そ、それは……」

スインの言葉にまんまと流されそうになっているリエル。

その横で、アメリアはヘレンにも念押ししていた。

「ヘレンも、いいわね⁉」

「い、いや、お姉ちゃん⁉　誠一先生には……」

「好きなの、嫌いなの⁉」

「いや、嫌いってわけじゃ……」

「じゃあいいわね！」

「め、めちゃくちゃだ……」

暴走する姉を止めることができないヘレンは、思わず頭を抱えた。

『やれやれ……誠一様は、どこまでもトラブルの中心ですなぁ』

そんな巨木の呟きが、誠一に届くかどうかは、また別の話。

新たなダンジョンへ

「――というわけで、帰ってきました」

「お前は本当に唐突《とうとつ》だな……」

無事？　アメリアたちのもとから転移魔法でウィンブルグ王国のテルベールに帰った俺は、すぐにサリアたちが泊まっている『安らぎの木』まで移動し、帰ってきたことを報告した。

「誠一、お帰り！　どうだった？」

「……色々あり過ぎて、疲れた……」

サリアがいつも通りの元気いっぱいな様子でそう訊いてくるが、本当に疲れた……木とか木とか、あと木とかのせいで。

いや、後半はアメリアが褒賞の件で爆弾発言を投下したことで、そっちの対応にも疲れたわけだけど。

思わずげんなりとした様子の俺に対し、アルが怪訝《けげん》そうな表情を浮かべるも、すぐに表情を改めて訊いてきた。

「ところで、ヘレンの故郷はどうなったんだ？」

「ああ、それは大丈夫だよ」

「大丈夫って言うが……中々大変だったんだろ？　ヘレンが血相を変えて飛び出したくらいだ。聞いた話だとカイゼル帝国の進撃と、魔神教団っていう二つの勢力を同時に相手にしなきゃいけないとか……」

「あー……その二つはひとまず邪魔だったから、まとめて陸ごと海に捨ててきたよ」

「お前、本当にいい加減にしろよ」

何故か真顔でアルにそう言われてしまった。おかしい。俺としては最適解だと思ったのに。

「何とぼけた顔してんだよ⁉　どう考えてもおかしいだろ？　何だよ、陸ごと海に捨てるって⁉」

「いや、足場がないと死んじゃうでしょ？」

「そういうことを言ってんじゃねぇよ！」

知ってる。でも、俺も正直何であんなことしたのか分からないんだよね。できるって分かっちゃったからやったってのもあるけど、まあ周囲の雰囲気に流された感はあるよね。黒歴史かな？

頭を抱えるアルには申し訳ないが、諦めてほしい。俺は諦めた。俺の体は、俺の手には負えないんだ。俺の身体なのに。

思わず遠い目をしていた俺だが、ふとあることに気づいた。

「……あれ、そういえば、ルーティアやオリガちゃんたちはどうしたの？」

元々ヘレンのレベル上げのためにダンジョンを訪れたわけだが、その際、ルーティアたちはルシウスさんのもとに向かったはずだ。

そんなことを考えていると、サリアが教えてくれる。

「そうだ、誠一！　そのことなんだけど、オリガちゃんたちはダンジョンに向かったよ！」

「え？」

「元々は誠一が帰ってくるまで待つつもりだったらしいが、どうも魔神教団の動きが怪しいってのと、誠一が帰ってくるのが予想より遅くなりそうっていうんで先に出ちまった」

「な、なるほど……じゃあ、ルーティアのところにはオリガちゃんとルルネ、それにゾーラがいるのか？　ルシウスさんや魔王軍の面々は？」

「魔王軍の人たちは魔王国に帰ったみたいだけど、ルシウスさんはまた別のダンジョンに用があるって言ってルーティアさんとは別行動らしいよ？　あ、ゼアノスさんも一緒についていったみたい！」

「そうなの？」

そういや確か、羊の話では近々あと二つダンジョンが、真の意味で踏破されるって話だったが……そうか、ルシウスさんたちは黒龍神を解放するために向かったのか。

「あれ？　それじゃあ、ルーティアたちはどこのダンジョンに行ったんだ？」

「それが、ルーティアの父親が封印されてるダンジョンみたいだぞ」

「ええ？」

それはつまり、ルーティアの父親を封印から解放するためってことだよな？

羊の話では、確かにルーティアの父親が封印されているダンジョンを真の意味で踏破することができれば、父親は解放されるって話だったが、その真の踏破の条件が父親の封印を解くことなのだから当然だろう。

だが、羊はそのダンジョンが攻略されるとは口にしなかった。あくまで黒龍神のダンジョンが攻略されると言ったのだ。

そして、もう一つ解放されると言われていたダンジョンこそ、件の魔神教団の崇めている魔神が封印されているダンジョンらしいし……ああ、だから魔神教団の動きが怪しくなったのか。

つまり、そっちの封印も解けると。

いや、帰って来て早々、考えること多すぎるだろ。

「そもそも、なんでルーティアはダンジョンに行こうと思ったんだ？　俺らがダンジョンに行く時、ルシウスさんたちに会いに行ったことと何か関係があるのかな？」

「ああ、それは元々父親のことについてルシウスさんと話しに行くつもりだったから、あの時は別行動したらしいぜ」

「なるほど……？」

となると、ますます訳が分からないんだが……。

俺が困惑していると、アルが思い出した様子で俺に言う。

「そうそう、そういやそのルシウスさんから伝言もらってたんだった」

「伝言？」

「ああ。『帰ってきたら、ぜひルーティアを助けてあげてほしい』、だってよ。ルシウスさんの話じゃ、ルーティアは別に真の踏破のために父親が封印されているダンジョンに向かったわけじゃないっぽいぜ？」

「そうなの？」

「いや、踏破できそうならしちまえって感じだったが……オレも詳しいことは分からん」

ええ？　ますます訳が分からなくなったが……まあルシウスさんに頼まれなくても、ルーティアのことは助けるつもりだ。

でも、真の踏破は無理だと思う。

羊の野郎はムカつくが、この手の話題に対してウソは吐かないだろう。

……まあ、羊ですら予測不能の事態に陥《おちい》って、解放しちゃったみたいなことはあるかもしれないが。いや、あるのか？

「まあ、何はともあれ早くルーティアたちのもとに向かった方がいいな。そのダンジョンがどこか分かる？」

「ああ。場所は――――【嘆きの大地】だ！」

「な、嘆きの大地……！」

アルの言葉に、俺は驚き――。

「……って、どこだ？」

「だと思ったよ……」

俺の反応に、アルは呆れかえるのだった。

◆◆◆

――時は遡《さかのぼ》り、誠一たちがヘレンのレベル上げのためにダンジョンを訪れていたころ、ルシウスの懸念通り【嘆きの大地】を魔神教団が占領していた。

すると、【嘆きの大地】に派遣されていた魔神教団の使徒たちが資料を手に、語り合っている。

「……やはりこの地は魔物を強化する力があるようだな」

「ああ。さすが、魔王が封印された地というだけある」

そういうと、使徒のひとりはカラカラに干上がった大地に、ぽっかりと空いている穴へと目を向けた。

その穴は、まるですべてを吸い込んでしまいそうなほど不気味で、暗い。

そして、その穴を囲むように不思議な紋様が干からびた大地に刻み込まれていた。

「それにしても、魔族の連中もバカだよな。裏切者がいて、自分たちの王が封印されてるこの地を俺たちに占領されているんだから……」

「そう言うな。所詮《しょせん》は魔神様の加護すら受けられぬ劣等種よ。そのような連中にはこの地にたどり着くのも一苦労というものだ」

「確かにな。それを考えると、この地に封印した当時の勇者には感謝だな。まあ難点としては魔王国に近いってことだが……」

「おいおい、逆にそれがいいんじゃないか。手にできる距離にあるのに、近づけない……その悔しい感情と無力感が、魔神様の糧となるのだから」

使徒の言う通り、こうして魔王国領の近くにルーティアの父親が封印されているダンジョンが存在していたのだが、そこにたどり着くまでの道のりには非常に強力な魔物が徘徊しており、とても近づくことができなかった。

たとえ魔王軍の最強格であるゾルアやゼロス、そしてジェイドでさえまともに進むことができないほどで、今までルーティアたちは諦めることしかできなかった。

だからこそ、この地を絶好の場所として捉《とら》えた魔神教団は、魔王国の裏切者の手引きで魔王国にあっさりと侵入すると、そのまま【嘆きの大地】まで移動することができたのだ。

【嘆きの大地】までの道のりも、魔神の加護を持つ使徒にとっては何ら苦戦することなく、容易にたどり着けてしまう。

それほどまでに魔神の加護は強力だった。

「だが、いよいよ我らが魔神様の復活も目前だ」

「そうだ！　魔神様が復活した暁には、この世界を魔神様に支配してもらうのだ」

「――そのためにも、この場所はとても重要なのですよ」

「ハッ!?　ゆ、ユティス様!?」

突如《とつじょ》、使徒たちの前に現れたのは、魔神教団の中でもさらに強力で、魔神から加護を超えた寵愛《ちょうあい》を受けている神徒、《遍在《へんざい》》のユティスだった。

しかも、そのユティスの後ろにはもう一人、興味深そうに周囲を見渡す男がいる。

浅黒い肌に無造作に伸ばされた黒髪。

瞳《ひとみ》は金色に輝き、どこかクロヒョウを想起させる。

革ジャケットを羽織った非常にラフな姿の男は、ある程度周囲を見渡した後ユティスに怪訝そうな表情を向けた。

「んー……ユティス、俺にここを守れって言ってんのか？」

「ええ」

「おいおい、何もねぇじゃねぇか。こんな場所じゃ俺の力は役に立たねぇぞ？」

「いえいえ、ご謙遜を。《共鳴《きょうめい》》のヴィトールさんがこの場所を守ってくださるというだけでも安心なのです」

《共鳴》のヴィトールと呼ばれた男は、ますます不思議そうな表情を浮かべた。

「なんでったって俺がこんな場所を？　誰も狙いやしねぇだろ。てか、狙えるほど強くもねぇだろ」

「いえ、それが最近はそう楽観視できる状況でもないのですよ」

「はあ？　あの《幻魔《げんま》》のジジイがカイゼル帝国で面白半分に『超越者』を量産してんのは知ってるが、それ以外じゃこの場所に来られるヤツらなんざいねぇだろ？」

「お忘れですか？　すでに我ら魔神教団の使徒が三人もやられているのです。しかも、カイゼル帝国の兵士でもない存在に」

「だったら、そいつを直接狙えばいいじゃねぇか。得意だろ？　お前さん」

呆れた様子でそう告げるヴィトールだったが、ユティスは苦虫を嚙《か》み潰したような表情を浮かべた。

「それができればよかったのですがね……」

「は？　……待て待て待て。まさか、お前さんの力が通じねぇってのか？」

「非常に腹立たしいことですがね」

ユティスが心の底から悔しそうにそう口にする姿を見て、ヴィトールはユティスの言葉が本当だと悟った。

「まさかお前さんの能力がね……お前さん、俺たち神徒の過去や未来でさえ視ることができるんだろ？」

「ええ」

「なら、弱体化したとかってわけじゃねぇな。俺の未来も過去も、そう簡単に見えるわけがねぇ。特に《絶死》の野郎とか無理なのに見えるんだろ？　アイツ、自分が勝つ未来しか残してねぇし、そもそも過去とか殺してるだろ」

「ええ。確かに過去は殺しつくされて見えませんが、未来は常に変動しますから。どこか一つの世界線であれば、視ることは可能です。さすがにその未来に行くのは恐ろしいですが……」

「ま、その未来ごと殺されちゃおしまいだもんな！」

大声をあげて笑ったヴィトールは、すぐに真面目な表情に戻ると改めて訊《たず》ねる。

「んじゃあ、ここを俺が守ればいいんだな？」

「ええ。もうすぐ魔神様が復活されます。ですが、復活したとしてもまだ力は完全ではありません。ですから、世界中の人間から負の感情を集める必要があるのです」

「そこら辺はいつもと変わらねぇが……なんでまたここを？」

「ここには魔物を強化する力があるのですよ。それに、奥地に封印されている魔王の存在もい い。何か適当な器を見繕って、無理矢理にでも体と魂《たましい》の両方を押し込めれば強力な手駒になるでしょう。魔王を使った駒であれば、倒される心配も少ないですしね」

「でもそれ、封印されてる魔王はどうなるんだ？」

「それはもちろん、自我は不要なので殺しますよ。必要なのはその肉体と魂だけですから」

ごく自然と当たり前のことのように魔王を殺すと口にするユティスに対し、ヴィトールは凶悪な笑みを浮かべた。

「そりゃそうだ」

「分かっていただけたようで何よりです。では、私はここらへんで失礼しましょう」

「おう、ここの守備は任せとけ。まあ、誰も来ねぇとは思うがよ」

「そうですね。……では、貴方たちも《共鳴》の手を煩《わずら》わせることなく、働くように」

「「は、はい！」」

すると、ユティスは帰る前に、ヴィトールとユティスという魔神教団の最高幹部二人を前に固まっていた二人の使徒にそう声をかけ、二人の返事に満足そうに頷くとその場から消えていった。

それを見送ったヴィトールは、その二人の使徒に指示を出す。

「んじゃあ、お前さんらはさっきまで……ってか、いつも通り仕事してくれ」

「は、はい」

「ヴィ、ヴィトール様はどうするんでしょうか？」

一人の使徒が恐る恐る訊ねると、ヴィトールは笑みを浮かべる。

「俺か？　俺は……寝るさ」

そう言って、ヴィトールは本当に寝始めてしまった。
――これが、彼の最後の休息とも知らずに。

魔神の復活

「おお……おお……！」

漆黒の闇《やみ》で覆い尽くされた空間の中、ユティスは恍惚《こうこつ》とした表情で一点を見つめていた。

その視線の先には——。

『——ご苦労であった、ユティスよ』

「は……はあっ！」

【闇】そのものが、そこにいた。

ユティスが存在するこの漆黒の空間が、まるで目の前の存在そのものであるかと思わせるほど、その【闇】には果てがなく、巨大だった。

そんな【闇】に浮かび上がる紫色の怪しい瞳は、慈悲深くユティスを見つめる。

『ここまで、長かった。我の封印は——ついに解かれたのだ』

「はい……はい……魔神様……！」

そう、ユティスの前に存在している【闇】こそ、ユティスを含め、魔神教団が悲願としていた魔神だった。

魔神はユティスから視線を外すと、遠くを見つめる。

『さて……今の我の力はどれほどか……』

瞬間、ユティスはその場に立っていられないほど、その空間が軋み上げ、大きく震えた。

その力の強大さにユティスは畏敬の念を抱き、妄信的な視線を魔神に向ける。

「ああ……！　これが……これこそが、魔神様の力……！」

しかし、魔神はどこか不愉快そうに眼を閉じると、再びユティスへと視線を移した。

『これが、我の力？　こんなものではない。こんなものではないのだ……！』

魔神の言葉には怒りが滲んでおり、ユティスは思わず硬直する。

『我も弱くなったものだ。まさか、たかだか数億の宇宙を消し去ることしかできないとはな』

「っ⁉」

その途方もない大きな力に、ユティスは何も口にすることができない。

だが、魔神にとってはこれくらいは当たり前であり、それでいて弱体化しているのだ。

それも当然のことであり、この世のすべては魔神を含めた神が生み出し、宇宙も法則も概念も人間も……何もかもが、神々の手で生み出されたのだ。

製作者がそれを壊すのは簡単といえる。

『ただ……妙だ。我の封印されしこの星が、何故消せない？』

「え？」

『我を長きにわたり苦しめたこの星が……何故消すことができんのだ』

「それは……」

いくら特殊な能力を持っているとはいえ、人間であるユティスに、神が分からないことが分かるはずもなかった。

だが、何故か……一瞬だけ、これまで三人の使徒がやられているにもかかわらず、特定できない存在がいるということが、ユティスの脳裏をよぎった。

しかし、その思考は機嫌を損ねている魔神を前にしているため、すぐに消え去った。

「お、恐れながら申し上げますと、この星に魔神様が長い間封印されたことにより、その強大なお力がこの星に定着してしまったのではないかと愚考いたします」

『……なるほどな。それはあるやもしれん。それに、他の神どもが我の復活を恐れ、この星に細工をしている可能性もある。業腹だが、ヤツらは格だけで言えば我と同等。ヤツらの行動が見えなくとも不思議ではない』

魔神は納得した様子で機嫌を戻すと、ユティスに視線を向ける。

『そこで、だ。ユティスよ』

「はっ」

『我は少なくとも封印前までの力を取り戻さなければ話にならん。それは分かるな?』

「はっ」

『であれば、我はその力が戻るまでこの場で力を蓄える。他の【神徒】や【使徒】を使い、今まで通り負の感情をかき集めるのだ』

「はっ！」

ユティスは魔神の言葉に跪《ひざまず》いた状態で返事をした。

これで魔神からの話は終わりかとユティスは思っていたが、魔神の命令は続きがあった。

『加えて、今まで通りの行動とは別に、ユティスにはあるものを探してきてもらう』

「は？　あ、あるものですか？」

『ああ。我が封印される直前の記憶が正しければ……我とヤツらの力がぶつかった際、何かが生まれたはずなのだ』

「それは……」

『我はその何かを確かめる前に封印されてしまった故、その正体を把握《はあく》できていない。だが……それは、我にも、そして他の神々ですら予想していなかったモノなのだ。これがどういう意味か分かるか？』

「……申し訳ございません。私には……」

『分からんか？　神々が、そして我が、予想できなかったモノだぞ』

「!?」

魔神の言葉に、ユティスは目を見開いた。

魔神だけでなく、他の神々は文字通り何もかもを生み出した存在である。

全知全能をそのまま体現する神々が、知らないものが生まれたと魔神は言っているのだ。

『それは我と神々の力の衝突で生み出されたことから、力の結晶だろう。それも恐ろしいほどのな。神々のことだ。そんな未知のモノを手に入れ、利用するとは考えられん。ヤツらは停滞を好む。とはいえ、我とヤツらの力の結晶であれば、そう簡単に処理することもできんだろう。恐らくこの星のどこかに封じたはずだ』

「な、何と……」

『それを見つけ出し、我に捧げよ。我は、ヤツらの上を行くために、それを使う』

「そ、そんな！　危険ではないのですか!?」

『フン。危険か、それすら分からぬ。だが、我は復讐のためならば、手段は選ばん。どんなリスクがあろうとも、我はその力を手に入れ、今度こそ……すべての頂点に立ち、我の理想とする世界を創り上げるのだ』

黒い感情を滲ませ、そう語る魔神を前に、ユティスは首を垂れた。

「ハッ！　このユティス、必ずやそれを見つけ出し、魔神様に献上いたしましょう」

『期待しているぞ――』

魔神はそう告げると、闇に溶けるように消えていくのだった。

◆　◆　◆

「——ぶえっくしょい！」

俺……誠一は、アルの話を聞いてすぐに【嘆きの大地】とやらに向かっていた。

すると、何故か急に鼻がむずがゆくなり、大きなくしゃみをしてしまったのだが……誰か俺の噂でもしてるのかね？　いや、噂されるほど有名ではないと思うけど。

そんなことを考えていると、サリアが心配そうに俺を見る。

「大丈夫？」

「え？　ああ、大丈夫。多分」

「多分って……まあ、誠一が風邪ひく姿想像できねぇけどな。てか、病気になるのか？」

「いや、なるよ!?　……あれ？　なるよな？」

「自分で分かってねぇのかよ……」

俺の反応に、アルは呆れた様子でそういうが……え、言われてみれば、この世界に来て病気になった記憶がない。

この世界に来て早々、【果てなき悲愛の森】で毒キノコやらを食って、死にかけはしたけど……病気にはなっていないのだ。

ともあれ、つい否定しちゃったけど、病気にならないならそりゃいいことだ。そんなの人間じゃないとかの話は別にしてね！

「それにしても、ここら辺は日差しが強いな……」

　アルがそう言いながら空を見ると、確かに日が燦々《さんさん》と降り注いでいる。

　周囲も、徐々に木や草の数も少なくなっているようで、魔物どころか人すら見かけない。

「……なあ、誠一。その恰好暑くねぇのか？　見てるこっちは暑苦しいんだが……」

「え？　別に暑くないけど……」

「同じ人間とは思えねぇ……」

「酷くない⁉」

　いや、装備やら元々の俺のステータスやらで暑くないとはいえども。

　アルは汗をかいているようだが、そんな状況下でもサリアは特に気にした様子もなく、いつも通りだった。

「ほ、ほら！　サリアだって普通だろ？　なあ？」

「え？　うん、別に暑くないよ？」

「サリアは魔物だろ？」

「そうだった」

　最近は人の姿しか見ていないので忘れかけるが、サリアは立派な魔物だ。というか、ゴリラだ。

　自分で墓穴を掘った俺は、話題を変えることに。

「そ、そういえば、今から向かう【嘆きの大地】って魔王国の近くなんだよな？」

「ああ、そうだな」

「それじゃあもう今ここって魔王国領に入ってるの？」

「いや、オレたちが使ってるこのルートは、直接【嘆きの大地】に向かう最短ルートだ。だから、魔王国領を通らねぇよ」

「ふーん……ルーティアたちは魔王国領を通ったのかな？」

「そうなんじゃねぇか？【嘆きの大地】自体は魔王国の隣なわけだし、それなら途中まで一緒の方が安心だろ。魔王軍って元々国だけじゃなく、魔王を守る仕事でもあるんだから」

「あー……」

すっかり忘れてたけど、彼ら魔王軍はルーティアたちを守る役目もあるんだった。

その守るべき対象である初代魔王のルシウスさんに鍛《きた》えられてるとかって話を聞いてたから、忘れがちだけどさ。

「……あれ？　でも、なんでそんな近くにルーティアのお父さんが封印されてる場所があるのに、封印解かれてないんだろうな？」

「それは……確かに。あれだ、封印を解く手段がなかったとか？　それこそお前が必要とか……」

「いや、俺が必要な理由は分からないけど、封印を解く手段がないってのはおかしいんじゃない？　もし本当に俺が必要とかっていうんなら、先に向かってる理由も分からないし……」

俺もアルも理由が分からずに首を捻っていると、サリアが声を上げた。

「あ、魔物だよ！」

「え？　ああ……魔物というか、生き物を久しぶりに見た気がする……」

いや、実際は出発前に散々人に会ってるわけで、そんなこともないんだが、徐々に周囲の様子が殺風景に変わっていく頃には、完全に魔物どころか人に会うことすらなくなっていた。

サリアが見つけた魔物に目を向けると、それは見た目だけで言えばフタコブラクダのような魔物だったが、その特徴的なコブがまるで火山のようになっており、その魔物も俺たちを見つけ、敵意を向けている。

俺はすぐに魔物を鑑定《かんてい》する。

「んー……『ラクダルマLv：402』？」

どこがダルマなのか。

不思議な名前に首を捻っていると、ラクダルマとやらは体を震わせた。

「ひ……ヒヒィン！」

「それは馬の鳴き声じゃないの⁉」

馬っぽいとは思うが、ラクダってそんな声で鳴くのか⁉　ウソだろ⁉　うちのロバでさえそんな声で……いや、アイツはしゃべるわ。

ついついラクダの鳴き声に突っ込んでいると、ラクダルマは体を震わせた状態から、突然その火山のようなコブが膨張し、見た目通りマグマが一気に噴出した。

「うわっ⁉」

思わずその光景に声を上げ、こっちまでマグマが飛んでくるのかと身構えていると……。

「ヒヒィン！」

「えええええ⁉」

そのマグマはまっすぐラクダの頭上へ降り注いだ。

じ、自分のマグマを被ったぞ……。

何がしたいんだと魔物であるにもかかわらずついその行動に目を奪われていると、ラクダに降り注いだマグマが黒く固まって――。

「ヒヒン」

「ダルマ……だと⁉」

その名前通り、ラクダの顔だけが飛び出した状態で、体は完全にダルマ型の溶岩で覆われていたのだ。

驚く俺を見たラクダルマは、何やら得意気な表情を浮かべる。

「ヒヒーン」

「クッ……その顔腹立つな……！」

憎たらしいほど得意気な表情を浮かべるラクダルマにイラッとしていると、ふとあることに気づいた。

「あれ？　でも、その状態でどう攻撃するんだ？」

「……」

「……」

俺とラクダルマの間に冷たい風が吹き抜けた。周囲は荒野で暑いはずなのに。

「ひ、ヒヒィィイイイン！」

「勢いで威嚇するだけかよ⁉」

どうやら攻撃手段はないようで、口を開けると、中からピンク色の袋っぽいものと、白い液体を口から出し始めた。き、汚ぇ！

「あ」

「エイ」

「ひ、ヒヒィィイイン⁉」

ラクダルマの威嚇に留まっていると、いつの間にかゴリラ状態になっていたサリアが近づき、ラクダルマを殴り倒してしまった。

「えっと……サリアさん？　よ、容赦ないですね？」

「威嚇サレタ。ダカラ、倒シタ」

ザ・野生理論だった。

唖然《あぜん》とする俺に対し、今まで黙っていたアルが、ため息を吐いた。

「はあ……そりゃさっきのは魔物なんだし、倒すだろ。まああのまま放置でも害はなかっただろうけどよ。んなことより、とっとと行こうぜ？　お前に付き合ってわざわざ倒さず見ててやったんだからよ」

「あ、はい」

どうやらわざわざ俺に付き合ってくれたようでした。ほんとすみませんね。

それにしても、色々な魔物が世界にいるんだなぁ。

そんなことを思いながらその場を後にした俺たちだが……その倒されたラクダルマでさえレベルが400を超えているということに、特に疑問を感じていない俺たちは、さっきまでアルと会話していた『何故魔王国の近くにありながらも、その魔王の封印を解かなかったのか』という理由に気づくことはないのだった。

「ふぁ～あ……よく寝たぜ」

「あ、ヴィトール様」

魔神教団の『神徒』である《共鳴》のヴィトールは、頭をかきながら起きてきた。

寝起きのヴィトールを前に、指示通り【嘆きの大地】で研究やとある計画を進めていた使徒たちは、一斉に背筋を伸ばす。

そんな様子を気にもせず、ヴィトールは近くにいた一人の使徒に声をかけた。

「で？　どんな感じなのよ？」

「は？　ど、どんな感じとは……？」

「いや、来た時にユティスが魔物を強化するだの魔王が封印されてるだのって話は聞いたが、それ以外のこと全然知らねぇんだよ」

魔神教団では、頂点を魔神とした時、その次の地位にいるのが『神徒』たちであり、その下に『使徒』がいて、『使徒』の中でも強さや貢献度などによって序列が存在していた。

そしてこの【嘆きの大地】で研究を任されている『使徒』たちは、戦闘力は低いものの、研究面では大きく活躍していた。

とはいえ、それでもここにいる面々は魔神のために直接動くことができるような位置にはおらず、魔神教団の中でも下層に位置している。

だからこそ、ユティスやヴィトールは雲の上の存在であるのだが、そんな存在であるヴィトールがこの地のことをまったく知らないことに驚いた。

というのも、ユティスが知っているからというのもあるが、それなりにこの土地は重要な場所であり、組織の幹部が知らないとは思わなかったのである。

使徒が唖然としたまままついつい黙っていると、ヴィトールは眉《まゆ》をひそめた。

「おいおい、俺が訊いてるのに教えてくれねぇってか？」

「え？　あ、ち、違います！」

「じゃあ教えてくれよ。よく見りゃあ面白そうなもんばかりじゃねぇか」

そう言いながらヴィトールが見渡す視線の先には、巨大なカプセル型の水槽が大量に並んでおり、その中にはヴィトールすら見たこともないような生物が眠ったように浮かんでいた。

どう見てもこの世界の技術とは思えないその光景に、ヴィトールは感心する。

「はあ……これ全部、ユティスのヤツが用意したのか？」

「そ、そうですが……よくユティス様が用意したと分かりましたね？」

「まあな。こんだけこの星にねぇようなもので溢れてりゃあ、外から持ってきたってことしか思い浮かばねぇからな。いくら外の世界でも俺ら神徒じゃ死なねぇとはいえ、そもそもこの星から出る手段がねぇしな。出ることができるのは……ユティスとゲンペルの野郎くらいだろう。ゲンペルも、ユティスがいて出ることができるってだけだしな」

「な、なるほど……」

「んで？　この生物は何なんだよ？」

「は、はい。こちらの水槽にいるのは、この星の魔物の遺伝子を抽出し、適合する者同士で掛け合わせて生み出した、新たな魔物です」

「ん？　なんでも掛け合わせればいいってことじゃねぇのか？」

「ええ。やはり遺伝子にも相性がありますから、その相性を無視して掛け合わせてしまいますと、生物として維持できなくなるのです」

「なら、その相性とやらをデストラの野郎に殺してもらえばいいじゃねぇか。そうすりゃあ最強の魔物が出せるんじゃねぇの？」

ヴィトールが何気なくそう口にするも、使徒は頬を引き攣《つ》らせた。

「そ、その……一度、ここにいた使徒の一人がお願いしたのですが……」

「ん？」

「こ、殺されました……」

「あー……」

ヴィトールは納得の声を上げた。

「よくよく考えりゃ、そんなことにアイツが手を貸すとは思えねぇわ」

「か、完全無欠とは言いませんが、それでもここで生み出された魔物は強力です。そしてここで生み出した魔物を使い、魔神様の糧となる負の感情を集めるための駒として利用する予定です」

「なるほどな。それの実用化は？」

「あと少しですね」

「魔物の方は理解した。なら、この場所に封印されてるっていう魔王は何なんだ？」

「それは、こちらの映像を見てもらった方が早いですね」

使徒に促され、ヴィトールは外の世界から持ち運ばれたスクリーンの前に移動する。

そして使徒が機械を操作すると、そこには封印されている魔王を使った研究の過程や、その実力が映し出された。

そんなスクリーンに映し出された映像を見たヴィトールは目を見開く。

「コイツは……」

「これが、我々の研究の成果です。ただ、残念ながらまだ魔王の自我が残っているため、能力の完全覚醒は先なのですが……」

「お、おいおい。これで完全じゃねぇのかよ？　なら、コイツが完全に覚醒したらどうなるんだ？」

ヴィトールの言葉に対し、使徒はどこか誇《ほこ》らしげな様子で告げた。

「――無敵、になります」

「――ハッ」

使徒の言葉にヴィトールは鼻で笑うと、使徒に対して好戦的な視線を向ける。

「無敵かどうかは、確かめねぇとなぁ？」

「……」

ヴィトールから放たれる圧倒的な気迫に、その場にいた使徒の全員が固まった。

しばらくの間、ヴィトールからの威圧に誰も動けないでいると、不意にヴィトールはその威圧をひっこめた。

「……ま、それは冗談でよ。実際、負ける気はしねぇが、倒すのはちと面倒そうだな。それこそ、コイツを相手にデストラならどうなるのか気になるくらいだぜ」

無邪気な少年のような笑みを浮かべたヴィトールは、使徒に告げる。

「おい、さっさとコイツを完成させろよ。その残ってる自我ってのもなんとかしな。俺はコイツの完成が気になる」

「は、はい」

「ってか、こんな『化け物』生み出しといて、こっちの命令は聞くのかよ？　反逆されりゃ面倒だぞ？」

「そこは、初期段階で制御するための機構を魔王の体内に埋め込んでいます」

「ハッ……埋め込まれてるそれが本当に効くなら、無敵ってのはどう考えても言い過ぎだな」

「それは……」

「俺としちゃあ、それが本当に効くのかも含めて確認してぇ。しっかりやれよ」

「は、はい！」

「んじゃ、俺は行くな」

「え？」

ヴィトールがいきなり出口の方に向かって行ったため、その場にいた使徒の全員が呆気にとられる。

すぐに使徒の一人が正気に返ると、慌ててヴィトールに問いかけた。

「あ、あの、どちらに⁉　お休みでしたら、またこの施設の部屋をお使いになれば……」

「バーカ、俺が行くって言ったら、一つしかねぇだろ？」

「え？　……あ！」

使徒がヴィトールの言葉の意味を理解した瞬間、施設内にサイレンが響いた。

「何だ？」

「ひ、人です！」

「人だと⁉　ここにたどり着ける人間が我々以外にいると？」

「見間違いじゃないのか？」

「見間違いではありません。それに、その……」

「何だ、どうした？」

報告をする使徒が口ごもるため、他の使徒が続きを促すと、その使徒は信じられないといった様子で続けた。

「そ、それが……四人しか姿が確認できないのです」

「四人だと⁉」

「そんなことより、この施設に備え付けられた迷彩機能は発動しているな？」

「確認します！」

「いや、それよりも……せっかくだ、試作品を一体向かわせろ。貴重なサンプルになる」

「はい！」

慌ただしく動き始める使徒を気にした様子もなく、ヴィトールは施設の外にいる存在にすでに意識を向けていた。

「四人……そんな人数でここに来れるような連中が存在したんだなぁ」

ヴィトールは愉快そうに笑うと――。

「――楽しませてくれるのかねぇ？」

――その場から掻き消えた。

◆　◆　◆

「――何も、ない……何もないではないか！」

「……食いしん坊、うるさい」

誠一たちより一足先に出発していたルーティアたちは、目的地である【嘆きの大地】付近まででたどり着いていた。

王都テルベールから数週間かかる距離にあることもあり、野営道具などを背負った状態でルルネは叫んだ。

「叫びたくもなるぞ！　主様が戻ってくる前に出発したのは、お前が未知なる食べ物があると言ったからだ！　違うか!?」

「……ん。言った。食べ物で誠一お兄ちゃんを置いていく決断を簡単にした食いしん坊に驚きながらも」

「じゃあ何だ、ここは！」

「……荒野」

「見れば分かるわっ！」

ルルネは周囲を改めて見渡し、草木さえ一本も生えていないその大地を前に嘆く。

「未知なる食べ物どころか、何もないではないか！」

「……ん。でも、未知ということは、その土地も未知。つまり、何もなくてもおかしくはない」

「があああ！　騙されたッ！」

頭を抱えるルルネを見て、ゾーラはオロオロしながらオリガに訊く。

「あ、あの、大丈夫ですか？　今にも別の生き物に変身しそうな勢いで唸ってますけど……」

「……大丈夫。いつものこと」

「いつもこうなんですか⁉」

「……学習しない食いしん坊が悪い。……ところで、ルーティアお姉ちゃん」

「お、お姉ちゃん？」

「……ん、お姉ちゃん。ダメ？」

「だ、ダメじゃない、けど……私、一人っ子だから、そう呼ばれるのは初めて……」

「……ダメじゃないなら、いい」

「う、うん。それで、何？」

「……目的地まで、あとどれくらい？」

「ああ……それならあと少しで――」

「あ、み、皆さん！　魔物です！」

ルーティアの言葉を遮《さえぎ》り、何かにゾーラが急に声を上げた。

その言葉の内容にルーティアやオリガはすぐさま戦闘態勢に入る。

すると、ルーティアたちの進行方向上に、四足歩行型の魔物の姿が見えた。

「……おかしい。魔物の気配、感じなかった」

「私も同じ。でも、ゾーラの言う通り、目の前にいるのは魔物」

「……前にゾーラお姉ちゃんのいたダンジョンで見た、アンデッドタイプの魔物と雰囲気が似てる」

「ああ……だから、気配が感じられなかったんだ」

オリガの推測に、ルーティアは納得の声を上げると、改めて魔物の姿を見た。

その魔物は、地球の象のような体を持ち、その体は黄色い体毛で覆われている。

マントヒヒのような顔をしており、瞳は暗く、どこか虚無を思わせた。

さらに、二本の角が額から伸びており、首元は何故か竜の鱗のようなものが生えている。

「あれは……何？」

思わずといった様子でルーティアが呟くように、目の前の魔物は初めて見る存在だった。

警戒態勢を維持したまま、オリガが『鑑定』スキルを発動させるが――――。

「……え」

鑑定結果は『@＊※●&Lv：――』と、オリガが今まで見たことのない表記だった。

「ど、どうしたの？　オリガちゃん」

絶句するオリガに対し、ゾーラが心配そうに声をかけると、オリガはますます警戒を強めたまま、情報を伝える。

「……今、アイツを鑑定した。でも、名前が変な記号の羅列が……」

「変な記号？」

「……ん。何より——レベルが、ない」

「レベルがない!?」

オリガの告げた情報に、ゾーラもルーティアも絶句する。

この星の生物は、すべてレベルという概念があり、それを上げることで強化される。

その概念がない存在というのは、この星の外からやって来た存在か、上位存在……つまり、神。

それも、ゾーラのいたダンジョンの蛇神や、黒龍神などではなく、天地創造といった規模が違う本当の意味での神だ。

他にも、冥界に漂う悪霊も、すでに死んでいるため、レベルという概念や束縛から解放されている。

そして、知らないうちにその概念から逸脱……ではなく、概念が逃げ出した誠一も、レベルはただの記号になっている。

そんな背景から、ルーティアたちはレベルが存在しない敵というものは見たことがなかった。

誠一の場合は、絶賛ステータスが家出中であり、そもそも見ることができないため、レベルがないことを知らない。

未知の敵を前に、うかつに動くことができないオリガたちを前に、その謎の魔物は虚ろな眼をオリガたちに向けた。

「ォォ……ォオ」

「ッ⁉」

その瞬間、オリガはすさまじい寒気を感じ、その場から横に飛び退いた。

すると、先ほどまでオリガが立っていた場所を、黒い靄《もや》が、まるで飲み込むように蠢《うごめ》き、消えていく。

「な、何ですか、今の⁉」

「分からない。でも、あれは私たちの敵」

「て、敵なのは分かりますけど……！」

「……ダメ、情報がなさ過ぎる」

謎の魔物に近づこうとすれば、その目が一瞬にしてオリガたちに向けられ、再びその黒い靄が襲い掛かり、距離を縮めることができない。

この攻撃に対する情報がないため、防げるのか、そもそも触れていいのかさえ分からなかった。

「……誠一お兄ちゃんを待つ？」

「それは……」

オリガの言う通り、誠一が来れば、すべて解決するだろう。

というより、本人は解決したという認識すらなく、終わることが予想できた。

だが、誠一が今どこにいるのか、そもそも出発しているのかさえ分からない状況で、ルーティアは悩んだ。

今も魔神教団が父の封印されているダンジョンに何か細工をしているのではないかなど、考えれば不安の種は尽きない。

それはこの土地に挑むだけの力がなかった時から感じていた焦りであり、それが今こうしてこの土地に来ることができるところまで力を手に入れた今、余計に強く感じていた。

だが……。

「そう……だね。ここで無理してダンジョンにたどり着けなかったら意味がないから、ここは一度――」

ルーティアが話していた瞬間、謎の魔物は吹き飛んだ。

何故なら――。

「な、なな、何をやってるんですか⁉」

「……食いしん坊、無茶苦茶」

なんと、いつの間にかルルネが謎の魔物の懐に潜り込んでおり、その胴体に強烈な蹴《け》りを叩き込んだのだ。

その一撃により、その身を宙に投げ出された魔物を、ルルネは追撃の手を緩《ゆる》めることなく、そのまま同じく空中に跳び上がると、前回転の勢いを利用し、謎の魔物の腹に踵落としを叩き込んだ。

その衝撃で地が揺れ、大きなクレーターが出来上がる。

クレーターの中心に力なく横たわる謎の魔物を、ルルネは着地をすると目を輝かせて見つめた。

「飯だ！」

「……おバカ」

唖然とするルーティアとゾーラの横で、オリガは頭が痛いと言わんばかりに額を押さえるのだった。

食いしん坊の怒り

「いやあ、一時はどうなるかと思ったが、ちゃんと未知なる食べ物があるではないか！」

謎の魔物の襲撃に対し、オリガたちが警戒をしていた中、そんな空気など知ったこっちゃないと言わんばかりに、自身の欲望のまま蹴り飛ばしたルルネ。

今まで荒野が続き、食べ物らしい生き物に出会えなかった彼女は、久しぶりの生物を前にテンションが上がっていた。

そんなルルネに対し、オリガは額に手を置いたまま、訊ねる。

「……食いしん坊、質問。これが食べ物に見えるの？」

「それ以外何に見えるのだ？」

「……聞き方が悪かった。これ、食べる気？」

「当たり前だろう」

「……正気？」

「正気だが？」

「……狂ってた」

「正気と言っただろ⁉」

オリガの言葉に、ルルネはかみつくが、そんなルルネを無視し、オリガは続ける。

「……食いしん坊。この魔物は、未知の魔物。まずその認識は、食いしん坊も同じ？」

「ん？　確かにこの魔物は見たことはないが……」

「……ん。なら、そんな未知の魔物に無策に突撃することがどれだけ危険か、分かってる？」

「そうは言うが、この手の生き物は散々私が昔いた場所で見てきたからなぁ」

「………………え？」

オリガはルルネの言葉に耳を疑った。

それはオリガだけでなく、ルーティアや今までダンジョンで暮らしていたゾーラでさえ、普通でないことは理解できた。

だが、当の本人であるルルネは特に気にした様子もなく続ける。

「フン。私は主様に買われるまでは魔物販売店とやらで暮らしてやっていたが……そこではこんな生き物はしょっちゅう見かけたぞ。手に入れるたび、店主は死にかけていたがな」

『……』

オリガたちは、絶句した。

そもそも、何故ルルネが魔物販売店で暮らしていたのかなど、ルルネがロバであることを知らないオリガたちは、謎でしかなかった。

だが、そんなオリガたちを無視し、ルルネはすぐ倒した未知の魔物に意識を向ける。

「さて……魔物販売店の頃は店主の男が邪魔をし、食うことができなかったが……コイツは一体どのような味をしているのだろうなぁ！」

もはや食欲が我慢できず、口から涎《よだれ》が止まらないルルネに、オリガたちはただただ引くしかなかった。

――そして、もう一名、そんなルルネに対し、引き攣った表情を浮かべる存在がいた。

「おいおい……なんてダラしのねぇ顔してやがんだ……」

『ッ⁉』

まったく気配すら感じさせず、不意に投げかけられた声に、オリガたちはその場からすさまじい勢いで飛び退いた。

すると、そこには浅黒い肌の男――《共鳴》のヴィトールが、顔を引き攣らせたまま、立っていた。

何も感じないまま、ヴィトールの接近を許したことにより、オリガは冷や汗を流しながら冷静に訊ねる。

「……貴方、何者？」

「俺か？　俺は――」

ヴィトールはそこで言葉を区切ると、次の瞬間、凶悪な笑みを浮かべた。

「《共鳴》のヴィトールだ」

「共鳴……？」

思わずオリガが聞き返した時には、ヴィトールから目を離していないのに、その姿はすでに消えていた。

「っ!?　どこに――」

「ここだよ」

「うっ!?」

「お、オリガちゃん!?」

背後から聞こえたヴィトールの声に、咄嗟《とっさ》に反応したオリガはすぐにヴィトールの方に体を向けると、そのまま両腕をクロスさせ、防御態勢をとった。

その瞬間、オリガの両腕にはすさまじい衝撃が走り、そのまま大きく吹き飛ばされる。

見ると、ヴィトールは足を上げた格好で止まっており、あの一瞬でオリガの背後に回り、蹴りを放ったことが見て取れた。

吹き飛ばされたオリガは、何とか空中で体勢を整えると、痛む腕を気にしながらも着地する。

そんなオリガに、すぐさまゾーラとルーティアが駆け寄る。

「だ、大丈夫ですか!?」

「……ん。何とか……」

「腕、見せて。『魔王の光』」

ルーティアは赤く腫れあがるオリガの腕に手をかざすと、そこから柔らかく、優しい黒色の光が溢れた。

その光に触れたオリガの腕は、徐々に痛みが引いていき、元の状態に戻る。

「……痛くなくなった。ルーティアお姉ちゃん、ありがとう」

「気にしないで。それより……いきなり攻撃してきたり、私が回復する間は何もしてこなかったり……何が目的？」

「そ、そうですよ！　貴方は何なんですか⁉」

ルーティアとゾーラがヴィトールに敵意を滲ませながらそう訊くも、ヴィトールは気にした様子もなく大きな欠伸《あくび》をしていた。

「んあ？　目的も何も……俺ぁ楽しみに来たんだよ」

「楽しみ……？」

ヴィトールの言葉の真意が分からず、思わず聞き返すルーティア。

すると、ヴィトールはどこかつまらなさそうに告げた。

「ああ――――だが、お前らダメだな」

「っ！」

「なんでお前らが回復してる間に攻撃しなかったのかって？　少しでも楽しむために決まってんじゃねぇか」

ヴィトールはもはやルーティアたちに何の興味も抱いていないようで、心底がっかりした様子のまま続けた。

「こんな地にやって来たっていうんで見に来てみれば……魔王の娘や見たこともねぇ蛇女、それに嫌われ者の黒猫の獣人に……何だかよく分からねぇ女。こうも楽しくなりそうな予感がする面々だってのに、弱過ぎるだろ。まあでも、目的は魔王の娘がいる時点で分かったけどよ。でも、そこどまりだ。お前らはただ、ここに来た目的を晒《さら》しただけで、死ぬ。それで終わりだよ」

「言わせておけば……！」

ヴィトールの言葉に激昂したルーティアは、そのまま魔法を放った。

「『魔王の手』！」

それは、ゾーラのダンジョンで放った時と同じく、漆黒の炎でできた巨大な手が出現した。

ただし、ダンジョンの時と違うのは、レベルアップしたことにより、片手ではなく、両手を出現させることができるようになっていた。

すさまじい熱量と勢いで振り下ろされる漆黒の炎手に対し、ヴィトールはどこまでも冷めた目を向け、無造作に腕で振り払った。

たったそれだけで、ルーティアの魔法は掻き消え、暴風がルーティアたちに襲い掛かる。

「くっ!?　そ、そんな……」

「お前ら、本当に何も分かってねぇんだな。そもそも、俺が声を出さなけりゃそこの獣人は最初の一撃で死んでいたし、回復なんざ待たず、そのまま血祭りにあげることだってできたんだよ。それをしないのは、ただ長く楽しむため。期待させといて大したこともねぇお前らを、せめて有効活用するためなんだよ」

必死に暴風に耐えていたルーティアたちに、ついに視線を向けることすらしなくなったヴィトールは、すでに息絶えている謎の魔物にも目を向け、ため息を吐いた。

「ったく……あの施設で見た時は、ずいぶん面白そうなもん造ってんなって思ったが……蓋を開けてみりゃこのざまかよ。ほんと……気に食わねぇな」

最後に怒気を滲ませ、吐き捨てるようにそう告げたヴィトールは、もう死んでいる謎の魔物に向けて手を振り下ろした。

その一動作だけで、頭上からすさまじい魔力の奔流が謎の魔物に降り注ぎ、その場から謎の魔物の死体は綺麗《きれい》に消え去った。

「さて、こっちの掃除はすんだ。んじゃ、こっからは――――」

「は？」

「あん？」

唐突に呆然とする声が聞こえ、ヴィトールはその声の方に視線を向けた。

すると、ヴィトールに声をかけられ、オリガたちが飛び退く中、最初からずっと、今まで謎の魔物の死体を前に、どう調理するか、どのような料理なら美味しいのかを想像し続けていたルルネが、呆然とクレーターの底を見つめていた。

「わ、私のご飯は？　未知の食べ物は？」

「……食いしん坊、ウソでしょ？」

こんなにド派手にやり合っていたというのに、まったく気にしていなかったルルネにオリガがドン引きする中、ルルネはそんなことすら無視し、もう塵《ちり》一つ残さず消え去った謎の魔物の死体を探し求め、視界をさまよわせた。

「ど、どこに行ったのだ？　散々待ち望んだ、未知の食べ物は……どこに消えたというのだ？　何もない、荒野の中……我慢に我慢を重ね、ようやく見つけた私のご飯は、どこに消えた？」

「る、ルルネさん……そこまで……」

呆然とするルルネを見て、思わずゾーラは口を手で覆い、涙を浮かべた。

それほどまでに、ルルネの姿は痛々しく、悲しかった。

ダンジョン内で育ったと言ってもいいゾーラは、とても純粋だからこそルルネの心情を察して思わず涙を浮かべたが、普通の感性の持ち主であるオリガやルーティアは呆れ以上に何と口にしていいか分からなかった。

そしてそれは、ヴィトールも同じだった。

「あー……今まで俺らのことすら気にしてなかったことに驚きだが……お前さん、この状況が何も分かってないのか？」

「状況……？　私のご飯が消えたこと……？」

「分かってねぇな」

ついついツッコんでしまったヴィトールだが、すぐに気を取り直すと、ルルネを見据えた。

「分かった。お前さんがいるとどうも気が締まらねぇからな。まずお前さんからさっきの魔物のように消してやろう。んで、そのあとは――」

「今、何て言った？」

「あ？　ぐほっ――⁉」

ヴィトールは、腹にすさまじい衝撃を受けたかと思うと、気づけば空中に浮いていた。

しかも、その一撃だけで内臓のほとんどが潰れ、口からは大量の血が溢れる。

そんな自分の状態に目を見開き、固まっていると、地上では足を振り上げた状態のルルネの姿が。

「お前が、消したのか」

「何、を――⁉」

またもやルルネの姿が消えると、ヴィトールは体の側面に同じく強い衝撃を受け、宙に浮いた状態から横に大きく吹き飛ばされた。

何故なら、その一瞬の間にルルネが空中に跳び上がり、ヴィトールを蹴り飛ばしたからだった。

　その光景に、オリガたちはただ呆然と見ることしかできない。

「お、お前……一体何者――あがっ⁉」

「お前なんだな」

大きく吹き飛ばされ、
　地面を転がったヴィトールが起き上がろうとしたところ、トドメと言わんばかりに、ルルネはその頭上に踵落としを叩き込んだ。

　頭から地面に突っ込む形となったヴィトールは、
　その衝撃に謎の魔物がルルネに倒された時と同じく、その地に大きなクレーターを作り上げた。

　軽やかに着地をしたルルネは、
　これまでのルルネの蹴りにより、内臓だけでなく骨まで砕け、そのまま地に伏したヴィトールに冷たく言い放った。

「食べ物の恨《うら》みは、絶対だ」

「……食いしん坊が分からない」

　オリガの心情はただその一言に尽きた。

　ルルネの出自も、その実力も、何もかもが謎過ぎた。

　とはいえ、先ほどまで絶望的なまでの戦力差があったヴィトールが倒れたことにより、オリガたちはようやく緊張から解放されるかと思った――その時だった。

「――くっ、くくく……くは、カハハハハハハハハ！」

『!?』


地に倒れ伏していたはずのヴィトールから、笑い声が聞こえてきた。

その姿にオリガたちは驚き、ルルネも微かに片眉を吊り上げる。

すると、ヴィトールはそのままゆっくりと起き上がった。

「ったー! 効いた、効いたぜぇ? お前さんの一撃はよぉ! んだよ、いんじゃねぇか、面白ぇヤツがよぉ!?」

起き上がったヴィトールは、先ほどまでルルネに蹴られたことにより、体中の骨が折れ、血を流していたのだが、その傷からは小さな煙が発生し、徐々に傷が癒えていっていた。

そんなヴィトールの姿に、ルーティアたちは目を見開く。

「き、傷が……消えていく……?」

「……確かに蹴り飛ばしたはずなんだがな」

ルルネもその光景に眉をひそめ、その感触を思い出すかのように軽く足を振った。

そんなルルネの言葉に面白そうに笑いながらヴィトールは答える。

「ああ、もちろん蹴り飛ばされた。俺の予想以上の威力に驚くくらいにな。全身の骨も内臓もグチャグチャになっちまったじゃねぇか」

「なら……なんで、立てるの?」

「そういう体だからだよ」

首を鳴らしながら、完治した体を確かめるように動かすヴィトール。

そして――。

「さて……楽しめるって分かったんだ。おら、もっと俺を楽しませてみろよ……！」

「いいだろう。私も、先ほどの仕打ちだけでは物足りなかったところだ。――存分に食らえ」

――ルルネとヴィトールが、激突した。

どこまでも変わらない誠一たち

「それにしても……目的地まで予想以上に遠いんだな」

「ん？」

テルベールを出発して三日ほど経過した頃、俺はふとそう口にした。

すると、サリアも俺と同じように感じていたらしく、頷いていた。

「そういえば、確かに結構歩いてるよね！」

「だよなぁ……」

「でも、それって周りに人も魔物もいないからじゃない？」

「ああ、なるほど……」

サリアの言う通り、あのラクダルマとやらの遭遇《そうぐう》から、魔物には出会っていない。

本当に生き物どころか、草木の一本すら生えていないのだ。

俺は特に影響ないが、アルやサリアから流れる汗を見ていると、やはりこの地は暑いことが分かる。いや、俺が暑さを感じないのは装備のせいじゃないのよ？　アルが見た目だけで暑苦しいっていうから脱いでるからね？　でも暑くないんだからどうしようもない。やっぱり人間やめてるわ。

照り付ける太陽の下を歩いているにもかかわらず、俺は汗一つ流していなかった。

これ以上そのことを考えると俺の精神衛生上よろしくないので置いておくが、サリアの言う通り、時間が長く感じるのは周囲に何もないからってのも大きな理由の一つだろう。

すると、俺とサリアの会話を聞いていたアルが、呆れた様子で教えてくれる。

「結構歩いてるっていうが、一日の進み具合で言うとそんなでもないぞ。サリアの言う通り、周りに何もないから体感時間が長く感じるってのはあるけどな」

「そうなの？　でも、ここまで長期的な移動なんて、それこそバーバドル魔法学園に行く時くらいしか記憶にないし……」

「……いつもぶっ飛んでるから忘れそうになるが、誠一は長期的な遠征自体は経験がないんだったな」

「いつもぶっ飛んでる⁉」

アルの言う通り、俺って戦闘力みたいな面ではぶっ飛んでるけど、それ以外の経験に関しては素人《しろうと》同然なんだよな。改めて考えるとかなりちぐはぐしてる。

アルの言葉に呆然とする俺に対し、アルはジト目を向けてきた。

「自分の行動を思い返してから驚けよ」

「普通じゃない？」

「普通じゃない！」

おかしい。ここまで一般人代表みたいな存在はそういないのに。

「まあお前が普通かどうかなんざ、この際どうだっていいが……」

「ど、どうだっていい……」

「一つ覚えとけ。まず、こうして遠征する際は、その場所で寝泊まりをする。それで、オレたちはどうしてる？」

「えっと……転移魔法でテルベールまで戻って、宿屋のベッドで眠って、昨日の場所からスタートしてる？」

「もうこの時点で普通じゃねぇのが分かるな」

なんてことだ。

快適さを選んでいたら、いつの間にか普通から離れていたらしい。そんなつもりは一切ないのに……。

でも確かに、こうして長期間外で過ごすと考えていなかった俺は、野宿するための用意を何もしていない。

それに対し、アルは自身のアイテムボックスに野宿用のセットを常備している。

ここが長年冒険者としてやって来た人間と、ただの一般人との差だろう。

それでも、俺は野宿すると思ってなかったから、つい転移魔法で帰って、次の日同じ場所からもう一度出発すればいいやって言った時のアルの顔が無の境地に至っていたのは、この先忘れることはないだろう。

だって快適な方がいいじゃん。ベッドで寝られるならその方がいいよね。そういうことにしましょう。

まあ、先に出発したっていうルーティアたちは、アルみたいに野営準備はしてるんだろうな。ダンジョン内で育ったゾーラはそんな知識がないにしても、ルルネは論外だし……ルーティアは若干《じゃっかん》箱入り娘感があるから怪しいけど、途中まで魔王軍の人たちと一緒にいたなら、そのことを魔王軍の人が教えないわけはないだろうし、何より一番一人旅慣れしてそうなオリガちゃんがいるんだから、そこら辺は大丈夫だろう。

「それにしても……何だかここら辺、地面がボコボコしてねぇか？」

「そうだねー。気を付けないと転んじゃいそう」

「だな。それに、生き物自体は見かけねぇが、それがいた形跡みたいなのは見えてきたな」

最初は干上がった大地だけだったのだが、今俺たちのいる場所は足元が何かに穿《うが》たれたかのように穴ぼこだらけで、アルの言うように何かしらの生き物の骨が落ちており、この場所にも生物がいたことがうかがえる。

そんな会話をしながら歩いていると、ふと俺たちの視界に、巨大な植物らしきものが目に飛び込んできた。

「ん？　何だあれ？」

「さあ？」

「……まあ今まで植物を一つも見てないのに、あんなあからさまに……しかも巨大な植物があれば、誰だって警戒するわな」

アルの言う通り、今まで植物は見ていないのにいきなり目の前に現れればそれを警戒するのは当然だろう。

しかも、近づくにつれてその植物の全容が見えてきたわけだが、その植物の花にあたる部分は、まるで大砲のような形をしており、いかにも何かを飛ばしてきそうだ。

「あー……考えることは一緒だと思うが、あれ、避けた方がいいよな」

「そりゃそうだな」

頬を引き攣らせながらそういうと、アルは頷く。

いや、どう考えてもこの足元の穴ぼこの正体じゃん。アイツが元凶じゃん。

急いでその場から離れようとしたところ、ふとその巨大植物はその花を俺らの方に向けると
――――。

「っ⁉　避けろ！」

アルの一言に、俺たちは慌ててその場から飛び退くと、今まで俺たちが立っていた場所を、すさまじい速度で何かが穿った。

恐る恐る穿たれた位置を見ると、煙を上げながら人の頭ほどもある種らしきものが埋まって

いる。

「び、ビックリしたね」

「ああ……とにかく、あの植物は避けて――――」

そう言いかけた瞬間、地面に埋まっていた種が割れ、唖然とする俺たちの目の前でどんどん成長していき、ついには先ほど砲弾のような種を撃ってきた植物とまったく同じ植物が、新たに生えた。

「そ、そんなのアリかよ……」

アルが頬を引き攣らせながらそういうが、俺もそう思う。

すると、新たに生えた植物も含め、再び俺たちに砲弾のような種を飛ばしてきた！

「うおおおおお!?」

「こ、これ、どうすりゃいいんだよ!?」

アルが必死に避けながらそう叫ぶ。

砲弾の種を避けるたびに新たに生え、どんどん攻撃の数が増えていくのだ！

「このっ……エイ！」

そんな砲弾の種に、サリアが顔をゴリラに変え、飛んできた砲弾に合わせて、火属性魔法を放った。

すると、炎を受けた種は弾け、中から細かい種子が再び俺たちに襲い掛かった！

「ワワワ！」

「サリア⁉」

「大丈夫！」

至近距離でその種子の攻撃を浴びたサリアだったが、どうやら上手く躱《かわ》したようだ。

とはいえ、この植物無茶苦茶すぎるだろ！

砲弾のような種を飛ばしてくるわ、それを燃やそうとすれば中から細かい種が散弾銃のように飛んでくるとか……。

すると、アルが手にしている斧《おの》で種を弾き飛ばしながら言った。

「この種、燃やせば弾けるが、普通の武器で攻撃すりゃあ防げるぞ！」

「わ、分かった！」

てか、こんな危険な植物がいるところを本当にルルネたちは通ったのか？　もし通ったのなら大丈夫だったんだろうな？　……あの落ちてた骨がオリガちゃんたちってオチはないよね？大丈夫だよな⁉

ちょっとシャレにならないことを想像してしまい、頭を振る。縁起でもないことは考えるのをやめよう……。

そもそも、この植物は何なんだ？

攻撃を避けながら『上級鑑定』を発動させると――。

『???　Lv：???』

「何も分からねぇじゃねぇかッ！」

レベルも名前も『?』とかどうなの？

それも、こんな道中で出てきていい敵なわけ？　どう見てもラスボスみたいな表記じゃね？

近づこうにも砲弾の嵐で近づけないし、避ければ数が増え、砲弾の数も増えるのだ。悪夢でしかない。

まあ当たっても大丈夫なんだろうけど……当たって本当に大丈夫だったらより人間から離れてる気がするから考えたくないよね！

「チクショウ、近づけねぇんじゃ反撃のしようがねぇぞ！」

アルが砲弾を弾きながらそういうのを見て、俺はふと思いついたことをしてみることにした。

それは――――。

「どっせい！」

「誠一⁉」

俺は飛んできた砲弾を、『憎悪渦巻く細剣《ブラック》』の剣身部分で、バッティングの要領で打ち返した。

すると、ピッチャー返しのように、俺は撃ってきた植物の花の部分を的確に打ち抜いていく。

しかも、そんな俺の行動によりまさか仲間？　の植物がやられるとは思っていなかったようで、植物に感情があるのかは知らないが、困惑した様子で他の植物の動きが止まる。

そんな植物の様子を無視しながらも、俺は思ったより遠くに飛んでいく種を手庇《てびさし》をしながら見送り、感心した。

「おー、やってみるもんだな」

「……お前がいる時、この手の心配はするだけ無駄だったな」

アルはもう疲れたと言わんばかりにそう言いながらため息を吐いた。え、これって褒《ほ》められてるよね？

もう一度種飛ばしてこないかなぁとか思いながら『憎悪渦巻く細剣《ブラック》』を振り回していると、俺と同じように手庇を作って種を見送っていたサリアが、あることに気づいたように言った。

「おー……あれ？　誠一」

「ん？」

「種どこかに飛んで行っちゃったけど、大丈夫かな？」

「え？」

「だって、あの種って地面に打ち込まれると新しくこの魔物？　が生えてきたでしょ？」

「あ」

サリアに言われるまで、俺はその可能性に至らなかった。

あ、あれ？　やらかしたかな？

すると、動きを止めていた植物たちが、ハッと思い出したかのように動き出し、再び俺たち目掛けて攻撃を再開した。

しかも、心なしか最初より攻撃に威力があり、怒っているようにもみえる。

「ほら、誠一！　お前が変な方法で倒すから怒ったじゃねぇか！」

「そんな理由で怒ってんの⁉」

それに、変とは失敬な。

てか、絶対に仲間が倒されたから怒ってるんだと思う。

それよりも、俺は少し気になったのが、さっき打ち返して倒した植物はいつも通り光の粒子となって消えていったにもかかわらず、何もアイテムを残さなかったことだ。

前回、ゾーラのダンジョンでドロップアイテムは本来絶対手に入るってものでもないって聞いていたが、それでも俺が倒してきた魔物は今までドロップアイテムを必ず残してきた。

もしかして、この植物って魔物じゃないんだろうか？　よく考えるとルルネのいた魔物販売店でもUMAがいたくらいだし……。

落ち着いて考えたいが、植物は攻撃の手を緩めてくれないので、まずはここにいる植物を全滅させることにする。

「なあ、アル」

「あ⁉　何だよ！　こっちは……避けるので、必死、だってのに……！」

「ご、ごめん。その、この近くに人里ってないんだよな？」

「あるように見えるか!?　ここにたどり着くまでも人里どころかまともな生物すら見かけてねぇだろ！」

「確かに」

なら、さっきの倒し方でいいか。

火属性魔法で焼いてもいいんだろうけど、ちゃんと燃やし尽くさないと種子が弾けて悲惨なことになるし、何よりアルやサリアからするとこの土地は暑いのだ。わざわざ熱気を増やす必要もない。

それに、周囲に人里がないんなら、ここじゃない別のところで勝手に自生してくれてもいいしな。ほら、こんなに干上がった大地なんだし、緑あった方がいいよね？

「てなわけで、バッター誠一、いっきまーす」

「真面目にやれ！」

「はい」

俺は怒られながらも、次々と飛んでくる種子を撃ち返し、ついには周囲の植物を全滅させるのだった。

《共鳴》のヴィトール

「フッ！」

「ガハッ⁉」

ルルネの鋭い蹴りの一撃がヴィトールの腹に入り、そのままヴィトールの腹に風穴を開ける。

誰が見ても致命傷であるその一撃に、ヴィトールは口から血をまき散らしながら吹き飛ぶも、すぐに体から煙を噴出させると、その傷が綺麗に癒え、数秒後には何事もなかったかのように元の体に戻っていた。

「ああ、いいねぇ……いいじゃねぇか！　もっとだ、もっと俺を楽しませてくれよぉ！」

恍惚とした表情を浮かべ、すさまじい速度で突っ込んでくるヴィトールに対し、ルルネは鬱陶しそうな表情を浮かべていた。

そして、そんなヴィトールの突撃を避けもせず、ルルネはそのままヴィトールの側頭部に綺麗な回し蹴りを叩き込む。

頭蓋骨が割れ、脳すら潰す感触を感じながらも、また再び無傷で起き上がるヴィトールに対し、ルルネはため息を吐いた。

「口だけで、大したものではないな。いい加減沈め」

「んなツレないこと言うなよぉ！　もっとだ……もっと俺を楽しませろ……！」

いくら無傷になるとはいえ、ダメージを受ける瞬間は確実に激痛が走っているはずなのに、それを感じさせるどころか笑みを浮かべてさえいるヴィトールの姿にオリガたちは戦慄《せんりつ》するも、ルルネだけはふと、誠一たちと一緒にいた時見ていた、ギルド本部の面々と似たものを、ヴィトールから感じていた。

何度も何度も突撃を繰り返すヴィトールだが、その速度はオリガたちではとても対処できるものではないものの、ルルネは苦もなく涼しい顔ですべてを捌き、華麗な一撃を叩き込み続けた。

ヴィトールも謎の力によって無傷ではあるものの、ルルネもまた、ヴィトールから攻撃は一度も受けていないため、無傷だった。

それでもさすがに何度も突っかかってくるヴィトールに対し、嫌気がさしたルルネは吐き捨てるように告げる。

「いい加減にしろ。私も忙しい。こんなところで時間をとられるわけにはいかないのだ」

「ルルネ……！」

まさか、食べ物のことしか頭にないと思っていたルルネが、今回この【嘆きの大地】を訪れた理由であるルーティアの父親を早く解放するためだということを忘れていなかったのかと、ルーティアは感動した。

ルルネの言う通り、早く行かなければ、ルーティアの父親に対し、魔神教団が何かをしているかもしれないからだ。

その疑念は目の前のヴィトールが現れたことで強まり、余計に早くたどり着くための理由ができたのだ。

ルーティアやゾーラだけでなく、普段ルルネに厳しいオリガでさえ、見直した表情でルルネを見つめる。

「早く、別の未知なる食べ物を見つけるために……！」

「ルルネ……」

ルルネは、変わっていなかった。

すると、もう何度目になるか分からないほど吹き飛ばされたヴィトールは、特に無傷になる限界などを感じさせることもなく、ごく当たり前といった様子で無傷の状態に戻り、起き上がる。

「ったく……凡人どもはこの至高の時間のありがたみがねぇから困る……ただ、お前さんらの言うことも分からなくはねぇ」

「ん？」

「分からねぇか？　仕方ねぇから本気を出してやるって言ってんだよ」

「……今まで散々醜態《しゅうたい》を見せておきながら、大した自信だな」

どこにそのような自信があるのかも分からず、ルルネはただ眉をひそめた。

しかし、そんなルルネの言葉を気にした様子もなく、ヴィトールは体の調子を確かめるように首や腕を鳴らすと、獰猛《どうもう》な笑みを浮かべた。

「そりゃお前――遊びにいちいち本気は出さねぇだろ？」

またも同じように接近してくるヴィトールだが、その動きや速度に変化はなく、ルルネは本気で鬱陶しいと言わんばかりに本気の蹴りをヴィトールの腹部に叩き込んだ。

「っ⁉　がはっ！」

「……⁉　食いしん坊⁉」

吹き飛び、口から血を流していたのは、ルルネ本人だった。

確かにルルネの攻撃は完全に決まり、ヴィトールは避けることも防ぐこともせず、その強烈な蹴りを受けたはずだった。

しかし、結果として吹き飛んだのはルルネであり、何故かその腹部には強烈な蹴りの跡まで残っている。

「な、何が……」

ルルネは口から流れる血を飲み込みながらも、ダメージを受けた理由がまったく分かっていなかった。

それは傍から見ていたオリガたちも同じで、オリガたちにはルルネがいきなり吹き飛んだように見えていた。

そして、この状況を作り上げたであろうヴィトール自身は、不満そうな様子で腹をさする。

「あーあ……本気出しちまうと何の刺激も受けねぇからつまらねぇな」

「な、に……？」

「あん？　おいおい、今の一撃でボロボロじゃねぇか！　お前さんが散々俺にくれたモノを、お前さん自身で受けたってだけだろ？　何死にそうな顔してんだよ」

「くっ！」

ルルネはその場から駆け出すと、ヴィトールすら反応できない速度で側頭部に回し蹴りを叩き込む。

だが……。

「ガッ————!?」

「ん？　今度は回し蹴りか。確かにいいダメージだよなぁ。痛ぇだろ？　それ。ハハハ！」

またも吹き飛んだのは、攻撃したルルネ本人だった。

しかも、ヴィトールに攻撃したはずの部位に、そっくりそのままダメージが入っているのである。

ヴィトールに攻撃するたびに、それが自分の体に反映されているかのようだった。

「さっきまでの威勢はどうしたよ？　ああ？」

まるで自身の力を誇示するかのように、両手を広げながらルルネに近づくヴィトール。

「さ、させません！」

すると、今までルルネたちの戦闘についていけなかったゾーラが、自身の石化の力を封じている眼鏡を外し、ヴィトールを睨《にら》みつけた。

その瞬間、ヴィトールの足先から徐々に石に変化していく。

「あん？　何だ？　こりゃ――――」

「『魔王の手』ッ！」

「おっと」

足が石化したことにより、その場から動けなくなったヴィトールに、ルーティアはすぐさま漆黒の炎でできた炎の拳で殴り掛かった。

だが、その攻撃をヴィトールは軽く上体を反らすことで躱す。

しかし、これは攻撃することが目的ではなく、一瞬だけでもヴィトールの隙を作ることが目的だった。

そしてその目的が達成されたため、オリガは一瞬にしてルルネを抱えると、ヴィトールから距離をとる。

「……食いしん坊、大丈夫？」

「う……ふ、不甲斐ない……先ほどから腹が痛く、食欲が湧かないのだ……」

「一大事」

オリガはルルネの言葉に目を見開いた。

それほどまでに、ルルネが食欲が湧かないというのは大問題だった。

ルルネを抱えたまま、ルーティアたちのもとに戻ると、体を反らしていたヴィトールがつまらなさそうにしながら、視線をルーティアたちに移した。

「あーあ……雑魚がいきなり横槍《よこやり》入れてきただけじゃなく、ちょっとだけ期待してたそこの蛇女もこの程度とは……お前さんら、俺を楽しませる気あるのか？」

「楽しませる気……？　そんなふざけた気持ちで戦ってない。私たちは、この先に行くの」

「無理だよ。お前さんらはここで死ぬ。それ以外はねぇ」

「そ、そんなことありません！　貴方の足は封じました！　無理に動けば、足が砕けますよ？」

ゾーラの言葉にヴィトールは、笑い声をあげた。

「ハハハハハ！　俺の足が封じられたって⁉　その『眼』はとんだ節穴だなぁ⁉」

「な、何を……え⁉」

信じられないことに、石化したはずのヴィトールの足は元に戻っており、どこにも石化した様子は見られなかった。

「そ、そんな……」

その光景に力を使ったゾーラだけでなく、ルーティアたちでさえ驚く。

本来、石化の状態異常は、完全に石化してしまえばその時点で死ぬか、他者により、特殊な薬液や魔法によって解除するのが基本だった。

それらの理由から、石化は麻痺と並び、他の状態異常に比べても非常に厄介《やっかい》な効果であるというのがこの世界での認識だった。

ただ、先ほどのように足先や手といった、一部だけが石化した場合は、他者の力を借りずとも自身の手で魔法や薬液により、解除することができる。

だが、足だけとはいえ、石化したはずのヴィトールは、魔法はおろか、薬液すら使用した様子はなかった。

呆然とするゾーラに対し、ヴィトールは獰猛な笑みを向ける。

「それよりも、いいのか？　お前の足……砕いちまうぜ？」

「え――――」

ヴィトールの言葉を受け、ゾーラが恐る恐る自身の足を見下ろすと、そこにはいつの間にか石に変わってしまった自身の足が存在していた。

「そん、な……」

「……すぐ戻す」

「させると思うか？」

オリガが手持ちのアイテムの中からゾーラの石化を解除しようとするも、それをヴィトールが大人しく見ているはずもなく、すさまじい勢いで突っ込んできた。

「させない……！」

それを防ごうとルーティアが自身の魔法を駆使し、ヴィトールへと放つも、その姿を捉えることができず、魔法が当たらなかった。

「おら、足、砕くぜ」

「ハッ！　ガッ⁉」

「ああ？」

力を振り絞り、起き上がったルルネが再びヴィトールに攻撃を仕掛けるも、同じようにその衝撃がそっくりそのままルルネ自身に反映され、再び地面を転がる。

そんなルルネを冷たく見下ろしながら、ヴィトールはため息を吐いた。

「やっぱりなぁ。本気を出すとすぐこれだ。弱いくせに粋がりやがって。お前さんじゃ、俺の力は越えられねぇよ」

「……そんなの、分からない」

「ん？　おっ？」

いつの間にかオリガはヴィトールの背後に回り、首に手を回し、締め上げていた。

さらには、オリガの足をヴィトールの足に絡ませることで、その動きも阻害している。

傍から見ると、無謀《むぼう》な挑戦のようにも思えるが、オリガは誠一と一緒にダンジョンを攻略したことで、『超越者』の仲間入りを果たしており、そのステータスは普通ではない。

さらに、オリガにはもう一つ考えがあった。

「……ゾーラお姉ちゃん、ルーティアお姉ちゃん……！」

「わ、分かりました！」

「食らえ」

ルルネの一撃により、生まれた隙をついてオリガに回復されたゾーラは、オリガが締め上げていることで動けないヴィトールに向け、石化の眼を向けた。

普通なら一緒にオリガまで石化してしまいそうであるが、ゾーラの石化は目に映した対象にのみ、効果を発揮するため、子どもであるオリガの姿はヴィトールに隠れ、影響を受けなかった。

今度のゾーラの石化は足ではなく、倒すためにヴィトールの顔に向けていたため、ヴィトールの顔はどんどん石に変化していく。

「あ、あ？」

その様子を感じながら、首を締めあげた状態のオリガが口を開いた。

「……食いしん坊の攻撃は、避けなかった。でも、ゾーラお姉ちゃんの石化を食らってる最中に放たれた、ルーティアお姉ちゃんの魔法は、避けた。お前の力は、一人にしか働かない。だから、私の攻撃、ゾーラお姉ちゃんの石化……無効できない」

「て、テメ、ェ……」

目から徐々に石化が広がり、目から上は完全に石化し、鼻、頬と石化を続けるヴィトールは、顔に怒りを滲ませた状態で固まりつつあった。

「……そして、トドメに――」

「私が、お前を燃やす」

必死にオリガの拘束《こうそく》から逃れようとするヴィトールに対し、さらに徹底するため、ルーティアの魔王魔法が展開していた。

それは、今までのように漆黒の炎でできた手だけでなく、黒炎の巨人がルーティアの背後に現れていた。

「おま、え……も、燃える、ぞ⁉」

「私が燃やすのは、お前だけ。当然でしょ？」

「くそ、があああああああ！」

黒炎の巨人が、ヴィトールを焼き尽くさんと巨大な両腕で掴みつぶそうとした――その瞬間だった。

「――なーんてな」

「え――がっ⁉」

「お、オリガちゃん⁉　え、あ――――」

「オリガ⁉　ゾ――――があああああ！」

　オリガは見えない何かによって首が締め上げられ、それを解こうと必死にもがき、ゾーラは何と、先ほどまでヴィトールが石化していたように、今度は自身が完全に石化してしまった。

　そして、黒炎の巨人により、攻撃を仕掛けたルーティアは、その自身が仕掛けたはずの黒炎に焼かれた。

　一瞬にしてオリガたちが倒れると、ヴィトールは何事もなかったかのように、無傷なまま、オリガたちを見下ろした。

「で？　どうだった？　少しでも勝てるかもしれねぇって気持ちを裏切られたのはよ。ん？」

　ヴィトールは嗜虐的な笑みを浮かべ、もがき苦しむオリガに顔を近づける。

「雑魚ほどよく頭が回ってさ、ちょっとでも強者に歯向かおうとするんだよなぁ。でもな？　雑魚は弱いから雑魚なんだ。いくら頭を回そうが、雑魚が強者に勝てる道理はねぇだろ。違うか？」

「あ、が……」

「どうした？　苦しいのか？　お前さんが俺にしてくれたことじゃねぇか。親に習わなかったのか？　やられて嫌なことは人にするなってよぉ」

　ヴィトールは興味が失せたようにオリガから視線を外すと、そこに転がるルーティアたちを見渡した。

「あーあ。結局、俺を楽しませてくれるような存在はいねぇってことだな」

「ばか、な……」

必死に体を起こしたルルネは、そこに広がる光景が信じられない。

そんなルルネに対し、ヴィトールは思い出したかのようにルルネに視線を向けると、笑みを浮かべながら近づいた。

「おーおー、そうだったそうだった。お前さんには散々楽しませてくれたお礼をしねぇとなぁ?」

「何、を……」

「何って？　お前がしたこと、そっくりそのままお前にお返しするんだよ」

その光景を想像してか、恍惚とした表情を浮かべるヴィトールに対し、ルルネは背筋がゾッとした。

ここに来て初めて、ルルネは目の前の存在が以前バーバドル魔法学園に攻めてきた【使徒】のデミオロス以上にヤバい存在だと認識する。

だが、その場から逃げようにも、謎のダメージにより体が動かない。

一歩一歩近づき、ルルネの反応を楽しみながら歩み続けるヴィトール。

自分がどれほど理不尽な存在なのか、それを理解した時の相手の顔を見るのが好きな彼は、この瞬間がたまらなかった。

——だが、彼はただ、本当の理不尽を知らない。

理不尽も非常識も匙《さじ》を投げた、『人間』がいることを——。

「さあて……そんじゃさっそ——くぅぅぅぅぅぅぅぅぅぅぅぅぅぅぅ⁉」

「⁉」

突然、ヴィトールの腹に、音速を超えた何かがぶつかった。

その一撃で、ヴィトールは錐もみ回転しながら吹き飛ぶと、その途中で音速を超えた何かはヴィトールの腹を突き破り、さらに遠くへとソニックブームによって地上を削り取りながら飛んでいく。

「がはっ⁉　な、何——ぶへ⁉」

腹に風穴が空き、口から大量の血を吐きだすヴィトールの頬に、再び音速を超えた何かがぶつかった。

その一撃で首が一回転し、どう見ても即死の攻撃を受けたヴィトールだが、その力によって無傷になると、ヨロヨロと起き上がった。

「な、何だ……何なんだ⁉　傷は治った。治ったはずなのににににににににににに⁉」

そこから雨あられと謎の飛行物体により、ヴィトールの体は貫かれ続けた。

その光景を、呆然と見ていたルルネは、ふと自身にもその飛行物体が飛んでくるのを察知した。

　ただ、体が動かないルルネは、その飛行物体を口で無理矢理受け止める。

「うぐっ⁉　……む？」

　音速を超えているそれを、軽く口で受け止めるという非常識っぷりを披露しながらも、ルルネは口の中に飛び込んできたソレをかみ砕き、味わった。

「これは……何かの種か？　だが、何だ、この味、この感覚……不思議と嫌いじゃない」

　謎の物体を飲み込み終えたルルネは、今もなおヴィトールに飛んで行っている物体に目をつける。

「これは、食べ物だ。私の知らない、食べ物だ……！」

　ルルネの食欲に、火が付いた。

　ルルネは飛んでくる物体を器用に口で受け止めるだけでなく、両手両足を使い、次々と捕まえては口に詰め込んでいく。

　とはいえ、すべてを捕まえることはできず、いくつかはヴィトールへと飛んで行っていた。

「くっ！　また逃した！　もったいない！」

　どう見てもヴィトールがダメージを受けている今、その存在である物体を自身で食べるだけでなく、ヴィトールに飛んで行っていることにさえ怒りを感じる始末。

　だが、あれだけボロボロになっていたルルネの体はいつの間にか回復しており、しかも、妙に力が溢れてきていた。

ただ、ルルネにとっては、そんなことはどうでもよかった。

未知なる食べ物が食べられるということが、何よりも重要だからだ。

たとえそれが、この星のモノでないとしても。

「貴様にくれてやるかああああああああああああああああ！」

「いいいいいいらららららねねねねねねねえええええええ！」

次々と打ち抜かれ、身動きの取れないヴィトールはそう叫ぶのだった。

食いしん坊、宇宙を体得

謎の飛来物による攻撃が続いている中、オリガは締め付けられていた首が解放され、必死に空気を求めて喘いだ。

「カハッ！　ガハッ、ゴホッ……はぁ……はぁ……」

気を失う寸前まで息ができなかったこともあり、必死に呼吸をするオリガ。

まだ息は荒く、このまま完全に息が整うまで休憩したいところだが、今はそんなことを気にしている場合ではないと、急いで周囲の状況を確認した。

「まだまだあああああああああああああああああ！」

「ぶべべべべべべべべべ」

「…………」

そこには、オリガの目では捉えられない速度で飛来する何かに貫かれ続けるヴィトールと、その飛来物を口いっぱいに詰め込むルルネの姿が。

「……ルーティアお姉ちゃん、ゾーラお姉ちゃん」

オリガは、何も見なかったことにした。

そして、すぐさま気を失っているルーティアに近づき、回復薬を使用する。

「う……ここ、は……」

「……大丈夫？」

「う、うん……っ!? アイツは!?」

「……知らない」

「え？」

オリガの反応に驚きながらも、ルーティアはすぐに周囲を見渡す。

「──ぼへ！ ──ぐへ！ ──あが！ ──ぷぎょ！ ──ひべ！ ──ぷぱ！」

「足りぬ……足りぬぞおおおおおおおおおおお！」

「…………」

ルーティアもまた、見なかったことにした。

「ゾーラは……」

「……ん。今すぐ、石化を解く」

ゾーラに石化を解く薬液を使うと、ゾーラの体にまとわりついていた石が剥《は》がれ落ちた。

「はっ!? お、オリガちゃん、ルーティアさん！ 大丈夫ですか!?」

「……ん。大丈夫」

「私も」

「よ、よかった……って、あの人は!?」

オリガ、ルーティアとまったく同じ行動をとったゾーラだったが、目の前で繰り広げられる光景をゾーラには無視することができなかった。

「あ、あの……あれ、どういう状況なんでしょうか……？」

「……さあ？」

「さ、さあって……」

「……私が起きた時には、ああだった」

「そ、そう……やっぱり、私の見間違いじゃなかった……」

ルーティアは現実逃避をするかのように、遠い目をしていた。

自分たちがあれだけボロボロにされた人物が、意味の分からない飛来物にボロボロにされ、さらに同じようにボロボロだったはずのルルネが、その飛来物を食べているのだから、その心情はお察しの通りである。

ルーティアたちからすれば、ヴィトールは危険な存在であるため、できればこの飛来物にやられている隙に倒してしまいたいが、ヴィトールの力が未だによく分からないため、うかつに手を出すことができない。

かといって、ヴィトールを無視して進むには、負傷しているルルネをかばいながら飛来物の嵐を抜けねばならず、それもまた、ルーティアたちには不可能だった。

運よく、ルーティアたちには被害がないことだけが救いである。

それに、ヴィトールの力には、遠距離から攻撃してくる手段もあるため、運良く逃げられたとしてもまだどうなるのか分からなかった。

どうすることもできず、ただ黙って目の前の光景を眺めていると、ついに謎の飛来物の嵐がやんだ。

そして、そこにはズタズタに削り取られた地面と、ボロボロの体を晒すヴィトール。それに、口をモグモグさせながらもどこか不満げなルルネだけが残った。

「チッ……もったいない……もったいなさすぎる……私は何個の食べ物を逃したというのだ……？　すべての食べ物を口にするには、私の口は小さすぎる……！」

「……食いしん坊が無茶苦茶言ってる」

ボロボロになっていたにもかかわらず、そう告げるルルネはとても元気そうだった。

本来、音速で飛んでくる種を口でキャッチするなど不可能だが、食欲の権化であり、『進化の実』を食したルルネだからこそ、可能なことだった。

ひとまず傷だらけで地に伏せているヴィトールを警戒しながら、急いでオリガたちはルルネと合流した。

「……食いしん坊」

「ん？　オリガたちか。そういえば無事か？」

「ええ、まあ……さっきまで死にかけていたけど」

「わ、私も自分の能力で石化してしまうなんて情けないです……」

「……それより、ここから早く逃げよう。アイツの力は分からないけど、直接戦うよりは
――」

「――ああ、クソが……クソッたれが……！」

『っ⁉』

吐き捨てるような言葉に、オリガたちは反射的にその方向に視線を向けた。

すると、もうすでに傷が治り、ゆらりと立ち上がるヴィトールの姿があった。

ヴィトールは完全に立ち上がると、激しい憎悪のこもった目をオリガたちに向ける。

「おい……誰の許しを得て逃げようとしてやがんだ……ああ⁉」

「っ！」

「あり得ねぇ。あり得ねぇよ。なんだよ、あの意味の分からねぇ物体の嵐は……なんで傷は治ってんのに、ダメージが抜けねぇんだよ……俺の体は何度も鳴ってんのに……！」

「……鳴ってる？」

オリガはヴィトールの言葉の意味が分からず、首を捻った。

すると、ヴィトールは傷が癒えたオリガたちを見て、首を振る。

「いや……俺の能力は消えちゃいねぇ。その証拠に、あの雑魚どもは俺の体に共鳴して壊れかけてたんだ。なら、今頃あの物体を放ったクソ野郎は同じようにズタボロになって消えてんだ

ろう。だが……どうしてだ。どうして空っぽなはずの俺の体がこんなに痛ぇんだよぉぉぉおおお！」

「っ！」

そう叫んだ瞬間、周囲にすさまじい魔力の波動が広がった。

オリガたちはその余波だけで吹き飛ばされそうになるも、何とか持ちこたえた。

ヴィトールの謎の力によって、オリガたちの攻撃がそっくりそのまま自分の体に反映される前は、ルルネの攻撃を受け、『痛い』と口にしていた。

だが、今のヴィトールの表情は、その時以上に苦悶に満ちており、見た目だけで言えば傷は治っているにもかかわらず、とても不思議だった。

血走った眼をオリガたちに向けたヴィトールは、歪んだ笑みを浮かべる。

「もう一度だ。もう一度、お前らを地獄に叩き落とす。お前らの刺激で、俺の能力を確かめてやるよ……」

フラフラとした足取りで近づいてくるヴィトールに、オリガたちはどう動くべきか必死に考える。

逃げようにも、ヴィトールの速度に対抗できるのはこの場ではルルネしかおらず、ルーティアやオリガ、ゾーラが狙われればまず逃げることはできない。

それに、逃げずに守りに徹するにはあまりにも相手が強く、かといって反撃してしまえばその瞬間、また同じことの繰り返しだろう。

オリガだけでなく、ルーティアやゾーラもいい案が浮かばず、近づいてくるヴィトールを見つめることしかできなかった。

――ただ一人を除いて。

「そこまで刺激が欲しいなら、私がくれてやろう」

「る、ルルネ⁉」

突然腕を組み、仁王立ちしたルルネがオリガたちを庇《かば》うようにヴィトールとの間に立った。

すると、その姿を見たヴィトールは歩みを止め、厭《いや》らしく笑う。

「おいおい、さっきまで地面にうずくまってた雑魚が何言ってやがんだ？　散々実感しただろ？　お前程度じゃあ、俺を楽しませることはできねぇってよぉ」

「貴様こそ勘違いするなよ。未知なる食べ物を食べた私を止められる者は……主様しかおらぬ」

「……そこは冷静なんだね」

ルルネの冷静な自己分析にオリガが思わずツッコんだ。

だが、ヴィトールからすればルルネは何も変わっていないように見えるため、鼻で笑う。

「ハン！　あの意味の分からねぇ物体がたまたま食えるもんだったとして、それがお前の強さとどう関係してるっていうんだよ」

「私はあの種を食べたことで、体に宇宙を得た……」

「……食いしん坊、何言ってるの？」

意味ありげに腹をさするルルネに対し、オリガはそうツッコまずにはいられなかった。

ヴィトールもさすがに意味が分からず、頬を引き攣らせる。

「宇宙だあ？」

「私は実感した。欲しいものをすべて食べるには、私の口では足りない。ならば、体内で宇宙を生み出すしかないではないか」

「ちょっと何を言ってるのか分からねぇ」

「……同意」

敵だというのに、ヴィトールの言葉はオリガだけでなくルーティアたちともまったく同じ感想だった。

しかし、ルルネはそんなヴィトールを気にした様子もなく、尊大な様子で告げる。

「貴様に分かってもらう必要はない。御託はいいからかかってこい」

「……ぶっ殺す」

ヴィトールは一瞬にしてルルネとの距離を縮めると、拳に魔力や魔神から授かった力などを込め、その腹に叩き込んだ。

「死ね、クソが！」

「食いしん坊!?」

まさか避けもせず、仁王立ちした状態でいるとは思わなかったオリガは、慌てて駆け寄ろうとした。

だが……。

「あ、あれ？　ルルネさん、何ともないみたいですよ……？」

「……ウソ」

「た、確かに攻撃は当たったと思うけど……」

間近で見ていたオリガたちでこの混乱なのだから、攻撃をした張本人であるヴィトールの驚きはもっと上だった。

「なんだよ……なんで平然と立ってられるんだよ……！　今の一撃を地に向ければ、大陸を沈められるほどのエネルギーの塊だぞ!?」

「――――不味《まず》いな」

「ま、不味い？」

驚くヴィトールをよそに、ルルネはがっかりした様子でそう告げた。

「今、私は貴様のそのエネルギーやら衝撃やらをすべて食った。そして、それが不味かったといっている」

「何を……言っているんだ……!?」

「言っただろう？　私は体に宇宙を生み出したと」

「答えになってねぇ！」

まったくもってその通りだった。

だが、ルルネはヴィトールの様子にどうしてこの程度のことが理解できないのかと言わんばかりにあからさまなため息を吐いた。

「はあ……バカの相手をするのは疲れるな……」

「この状況で俺が見下されるだと⁉」

「いいか、よく聞け。私は体の中に宇宙を……もっと厳密にいえば、ブラックホールを生み出すことで、無限に食べ続けられるようになった。そして、このブラックホールの力により、私は遠く離れた食べ物まで、認識すれば食べられるようになった。それもこれも、あの未知なる食べ物を食べたことにより到った境地だ」

「聞いても分からねぇだと⁉」

ヴィトールには理解できないが、ルルネの言っていることを誠一が聞けば、真っ先にピンク色の人気キャラクターが頭に浮かんだことだろう。

「それに、口から摂取できるものだけが食べ物ではないことに気づいたのだ。だからこそ、私は、私の体すべてを、口と同じように変えたのだ。こうすることで、私が一度に食べられる量も増えた！」

「気持ち悪い上にやっぱり分からねぇ！」

敵からも気持ち悪いと言われてしまうルルネは、もはやどこに向かっているのか分からなかった。元はロバだというのに。

「貴様に分かってもらうつもりはない。さっさと消えろ」

「ルルネ、それはダメ！」

ルルネはもう十分だと言わんばかりに、無造作にヴィトールに目掛けて蹴りを放った。

慌ててルーティアが止めようとするも、ルルネの攻撃は止まらず、ヴィトールの腹に突き刺さる。

その瞬間、ヴィトールはすさまじい衝撃を腹に感じながらも、ニヤリと笑うが――――。

「ハッ！　これでお前も――――ごぼあ⁉」

ヴィトールは口から血を吐きだし、その場に崩れ落ちた。

「ヴぁ、ば、かな……⁉　ど、どうじで⁉」

いつまで経っても消えない痛みと傷に、ヴィトールは腹を抱えて蹲る。

そんな光景にオリガたちが唖然とする中、ルルネだけは冷たく見下ろしていた。

「な、何をしだあああああ！」

「蹴っただけだが？」

「蹴った……だけだと……⁉　なら、どうじで……どうじでおばえは、無傷でいる⁉」

「おかしなことを口にするな。私が蹴ったのなら、ダメージを負うのは貴様だろう?」

「ぢ、違う！　お、俺の中身ば、空っぽだ！　内臓がどが、ぞう、いう問題じゃ、ねぇ……！　概念どじで、俺どいう存在ば、どんな攻撃を受け、ようが、空っぽだから、ダメージも、傷も、もどに、戻る、んだぞ⁉」

「……」

「ぞれ、だけじゃねぇ……！　俺、ば、その空っぽな、体を利用じで、ありとあらゆるダメージを攻撃じでぎだヤツらに共鳴ざぜることがでぎるんだ……！　だがら、お、お前が、立っているのは――――」

「長い」

「ぶへら⁉」

「「ええ……」」

ルルネはせっかく能力を語っていたヴィトールの顔面を容赦なく蹴り飛ばした。

しかし、ルルネには興味のない内容だったようだが、オリガたちにはヴィトールの能力の概要を何となくつかむことができた。

体の中身が空っぽという点のみ理解ができなかったが、体が空っぽで、そこを攻撃するとその部分を強制的に攻撃した側に共鳴させ、破壊するということは理解できた。

ヴィトール自身は《共鳴》の異名を持っているが、能力の仕組みを聞くと《反響》の方がしっくりくる気がするも、ただ跳ね返すだけでなく、ヴィトールが空っぽだからこそヴィトールの体にダメージが蓄積することがないということと、《共鳴》させて破壊するという点から、今の異名が付けられていた。

そんな事情も散々苦しめられた能力もどうでもいいルルネは、ボロボロになって完全に気を失ったヴィトールに対して鼻で笑った。

「フン。何やらほざいていたようだが、未知なる食べ物を食べた私には些細《ささい》なことにすぎん」

「……やっぱり食いしん坊はおかしい」

オリガのその言葉に、ルーティアとゾーラは頷くのだった。

「ん？　あれって、人影じゃないかな？」

「え？」

「……オレには何も見えねぇ」

あの謎植物を倒してから少しして、サリアが遠くに見える人影を見つけた。

確かにサリアの言う通り遠くに人の姿が見えるが、それは野生というか、魔物のサリアだからできる芸当で……あれ、俺も見えたぞ。……考えるのはやめよう。

「もしかして、オリガちゃんたちかな？」

「どうだろうな。オリガたちが出発したのはオレたちのだいぶ前だし、今頃ルーティアの父親のダンジョン内にいるんじゃないか？」

「それもそっかー」

サリアとアルのそんな会話を何気なく聞いていた俺だが、とあることに気づいた。

「あれ……？」

「ん？　どうした？」

「……俺の打ち返した種って……こっちの方向に飛んで行ったよな？」

「あ」

俺の言葉に、アルは唖然とすると、俺に向かって残念そうな表情を向けた。

「……ついに殺《ヤ》っちまったな……」

「いやあああああああああああ！　やめてええええええええええ！」

ヤバい、どうしよう⁉　人がいないと思って打ったのに！

めちゃくちゃな速度で種飛んで行ってたよ⁉　あれが人にぶつかったと思ったら……考えたくねええええええ！

「い、急ごう！　急いで無事かどうか確認を……！」

「手遅れだろうなぁ」

「んなこと言わないで！」

打ち返した時「ピチュン！」って普通じゃ鳴らないような音で地面を削り取りながら飛んで行ってたけども！　し、信じないからな⁉

……もしやっちゃってたら……自首しよう……どこに自首すりゃいいか分かんないけど……。

いや、もう一度冥界に意地でも行って、連れて帰る。

そんな決意をしつつ、慌ててその人影に俺たちが近づくと、だんだんその姿がはっきりしてきた。

すると、なんとその人影の正体はオリガちゃんたちだったのだ。

「え、オリガちゃん⁉」

「……あ、誠一お兄ちゃん……！」

オリガちゃんは俺たちを見つけると、そのまま駆け寄ってきて、俺に抱き着いてきた。

「ど、どうしたの？　大丈夫？」

「……ん。誠一お兄ちゃんを見たら、安心した」

「そ、そうか？」

抱き着いてきたオリガちゃんの背中を軽くたたいて落ち着かせながら、周囲を見ると
――――。

「えっと……どういう状況？」

「オレが分かると思うか？」

「ですよねー……」

「ルルネちゃんが誰かを踏んでるけど、誰なんだろう？」

サリアの言葉通り、ルルネを見つけると、ルルネの足元にはボロボロの男性が一人、転がっていた。

その光景を、ルーティアやゾーラは呆然と見つめている。

「……あ！　そういえば、こっちに何か飛んでこなかった⁉」

「……え？」

「いや、その……来る途中に襲ってきた魔物？　らしき植物の種を撃ち返してさ……その方向がこっちだったんだけど……」

「……納得した」

俺の言葉を聞いたオリガちゃんは、何やらすべてが納得した様子で頷いた。

そして、もう一度俺に抱き着いてくる。

「……誠一お兄ちゃん、ありがとう」

「え、ええ？　ど、どういたしまして？」

よく分からないまま、俺は感謝されてしまった。

しばらく俺に抱き着いていたオリガちゃんだが、ゆっくり顔を上げると事情を説明してくれる。

「……今食いしん坊が踏んでるのは、『魔神教団』の人」

「魔神教団!?　あ、そういえばルーティアの父親がいる場所をもしかしたら魔神教団が悪用してるかもって話だったっけ？」

「……うん。それで、《共鳴》っていう異名持ちの敵で、とても強かった」

「異名持ちってことは……」

「アイツと一緒じゃねぇか？　ヘレンと一緒に潜ったダンジョンで見かけた……《絶死》だっけか？」

「あー！　あの回復してくれた人だね！」

「……サリア。元々はもっとヤバいヤツだったからな？　誠一のせいでおかしくなったけどよ……」

「俺のせい!?　……いや、俺のせいか」

あの人、どんな存在や概念とやらでも即死させられるっていうとんでもない能力を持ってたが、『効かないから効かない』とか超シンプルな俺の体の回答によって能力が効かなかったんだよな……。

これ、相手の能力が『効くから効く』とかだったら、矛盾が発生しないためにそもそも相手は能力を発動することさえできない気もするし……本当に俺の体はどうしたんでしょう。

それに、意図したわけじゃないけど、ちょっと理不尽じゃないか？　って思ったら能力が急に癒《いや》しの能力に変化して……あれ、いいことしてんじゃん。ま、いいか。

そんな俺たちの反応を見て、オリガちゃんは驚いて目を見開く。

「……誠一お兄ちゃんたちも、あの敵と似たような人を相手にしたの？」

「まあね。戦いらしい戦いはしてないけど……なんか魔神教団の使徒よりさらに上の幹部っぽかったかな」

「神徒って言ってなかったか？」

「あーそれだ」

使徒より上の神徒ってかなり安直だよな。違いもよく分からんし。

「……まあ誠一魔法とかの悲惨なネーミングセンスに比べればマシですけどね！

「……そうなんだ。でも、納得した。アイツ、それくらい強かった」

「え？」

「……私たちの攻撃が、全部そのまま自分に返ってきた。しかも、アイツは傷もダメージも一瞬で治るから、一方的にやられた」

「なっ……大丈夫⁉　痛いところは⁉」

慌ててもう一度オリガちゃんがケガしてないか確かめると、オリガちゃんは小さな笑みを浮かべた。

「……大丈夫。もうダメって思った時、よく分からないモノがたくさん飛んできた」

「へ？」

「……その飛んできたモノが、アイツの体をズタボロにして、しかもそれを食いしん坊が食べ始めて……そこから食いしん坊の攻撃が何故か返ってこなくて、今の状態」

「ルルネって何なんだよ⁉」

「……私が聞きたい」

てか、まさかの俺のバッティングによる被害を受けたのはその神徒だったようだ。あれ、もしかしたら『うっかり救世主』の効果か？　持っててよかった、この称号……！

ただ不思議なのは、俺の打った種子がその『神徒』に当たったり、この周辺に落ちたりしたのなら、またそこから植物が生えてきそうだけど……もしかして、俺が打ち返したことで種子として機能しなくなったとか？　ま、まあ音速で吹っ飛んだらそりゃあ普通の種なら消し飛んでるだろうけど……よし、考えるのはやめよう。皆無事だった。それでいいじゃないか！

それにしても……ルルネはどんどんおかしな方向に進んでいくな。いや、俺が言えたことじゃないけど。

でも考えてみてよ。俺が打った種を食べたって言うんだよ？　おかしくない？

「……食いしん坊が言うには、飛んできたものを食べたら体内に宇宙が生まれたらしい」

「どういうこと⁉」

やっぱりアイツの方が俺よりおかしいだろ。体内に宇宙って何？　元々胃袋がブラックホールだと思ってたけど、比喩じゃなくなったわけ？

俺の知るロバとは違う方向に突き進むルルネに、俺は困惑するしかなかった。

ひとまず俺は、ルルネに踏まれている神徒以外に回復魔法を使用した。

「え？　……あ、誠一！」

「誠一さん、追いついたんですね！」

体が急に回復したことで、呆然とルルネの様子を見ていたルーティアたちも俺に気づき、走り寄ってくる。

「よかった……誠一がいれば、安心できる」

「そうですね……私も誠一さんがいるなら安心です！」

「あ、安心できるように頑張ります……」

そんなに頼りになるかね？　俺がいても滅茶苦茶な結果になるだけよ？

するとルルネも俺に気づき、足元の神徒を蹴飛ばして寄って来た。うわぁ……今の蹴り、男の大事なところにクリーンヒットしたぞ……。

頬を引き攣らせる俺に、ルルネは目を輝かせながら口を開いた。

「主様！　私、分かりましたよ！」

「わ、分かったって何が？」

「私の口では食べられる量に限界があります。ですから、全身で食べることにしました！」

俺にはもう、ルルネの言葉の意味を一つも理解できそうにないです。

「何を言っている？」

「合流できて安心したのは分かったけどよ……コイツ、どうする？」

ルーティアたちの無事を確認していると、泡を吹いて倒れている神徒に目を向けたアルがそう言った。

すると、ルーティアは眉をひそめる。

「放置するのは怖い。また何かあったら困るし……」

「……なら、殺す？　私の攻撃じゃダメだから、食いしん坊にやってもらうけど……」

「おい。何故私がそんな面倒なことを――」

「……未知の食べ物があるよ」

「今すぐ頭を踏み砕いてくるぞ」

「待て待て待て待て！」

オリガちゃんに唆《そそのか》されたルルネが、意気揚々と神徒を殺しに行くのを引き留めた。

「一応、ランゼさんのところに連れて行って、詳しく魔神教団のことを調べてもらおう。魔神教団の連中が前に攻めてきた時、その使徒は別のヤツに連れていかれちゃったしさ」

「あー……そういや、誠一が消えた後、オレたちもあのデストラって野郎を国王様んところに連れて行ったしな。いいんじゃねぇか？」

「でも……コイツの能力は本物。連れて行った先で目を覚ましたら……」

「そこはほら、誠一に能力を無効化してもらうとか？」

「なら安心」

「え、できること前提⁉」

いや、そんな危険な能力はない方がいいに決まってるけども。

俺の反応を見て、サリアが首を傾げたまま不思議そうに言った。

「誠一ならできるでしょ？」

『うんうん』

「嫌な信頼感！」

サリアの言葉に、全員が頷いた。

それ、遠回しに俺が人間じゃないって言ってるようなもんだからね⁉

そもそも、サリアたちができるって勝手に思ってるみたいだけど、そんな都合のいいこと
――――。

『スキル【同調】が発動……完了しました。今回の内容は、周囲に転がる石を同調の本体とし、対象者……ヴィトールのステータスを同調させました』

「できるんかいっ！」

しかも同調の内容よ！

あそこの人、石ころと同じになったの⁉　幹部から石ころ⁉

ステータスが石と同じって想像がつかないけど……多分、しゃべったりはできるんだろう。

ただ、その特殊能力もなくなり、石と同じステータスになったようだ。いや、石のステータスなんて知らないけど。

すると、俺のツッコみでだいたい察したのか、アルがジト目を向けてきた。

「何が起こったのかは分からねぇが……またぶっ飛んだ能力でも発動したか？」

「え、いや、その……そこにいる神徒なんですけど……俺のスキルでなんか石ころと同じステ

ータスになっちゃったらしく、もうその特殊能力どころかスキルや魔法も使えなくなったみたいで……」

「お前は何を言ってるんだ？」

俺が聞きたいです。

何だよ、石ころと同じステータスって。自分で言ってて笑えるわ。

「と、とにかく！　コイツの力はなくなったっぽいから、すぐにランゼさんに届けてくるよ！」

「あ、おい！」

このまま長引くとますます俺が人間じゃないってなっちゃうので、俺は逃げるように転がっている男を担ぎ上げると、すぐさま転移魔法で王都テルベールにまで移動した。

直接王城に行くこともできるが、さすがにそれはアウトだろう。不法侵入だし、ランゼさんは王様だからな。感覚麻痺してきてるけど。

それでも、街中を男一人担いで移動する俺の姿はとても目立つ――――。

「追え！　絶対に逃がすんじゃねぇぞ！」

「ハハハハハ！　諸君、そんな重い鎧《よろい》を着ていて、私に勝てるとでも？　さあ、今こそすべてをさらけ出すのです！」

「黙れ露出狂！　今日こそは……」

「た、隊長！　広場で女児に声をかける不審者の姿が！」

「だあああ！　碌《ろく》な奴がいねぇ！」

——ことはなかった。

俺なんかよりよっぽどヤバい連中を追いかけ、兵隊さんは今日も頑張っていたのだった。平和だ。

そんなことを思いながら王城にたどり着くと、特に引き留められることなくすんなり中に入れてしまった。いや、平和だとは思ったけど、それでいいのか。

思わずお城の警備に首を捻っていると、遠くからルイエスが俺に向かって走ってきた。

「師匠！　どうしたんですか？」

「いや、出先で魔神教団の幹部っぽい人物と出会ってさ。ルルネが倒してたから連れてきた」

「な、なるほど……ですが、幹部ともなりますと、拘束するのは難しいと思うのですが……」

「そこは大丈夫だ。なんか石ころと同じステータスになったから」

「さすが師匠です。私には理解できない次元にいます！」

ＨＡＨＡＨＡ！　安心しろ！　俺も理解できてない！

どこか遠い目をしているうちに、ルイエスが呼んでくれた兵隊さんに担いでいた神徒を預けた。

神徒を運んでいく兵隊さんを見つめながら、俺はふとこの城に来た時の警備の緩さについて訊いてみた。

「そういえば、ここに来た時あっさりと入城できちゃったんだけど、大丈夫なのか？」

「ああ……それは師匠だからですね」

「理由になってない⁉」

「いえ、ちゃんとした理由ですよ？　まずこの城に勤務している兵士たちは師匠のことを知っていますし、もし仮に師匠が暴れるような事態になれば、諦めるしかありませんから」

「まさかの諦めからスルーされてたの⁉　そもそも、暴れるなんてそんなことしないし、諦めずに対処を――――」

「少なくともステータスを石ころと同じにできる人間には、我々は勝ち目がありません」

「我ながら返す言葉もねぇ！」

ルイエスは完全に正論を言っていた。

ここにいても俺が人間じゃないみたいな話になってしまうので、結局そのまますぐに転移魔法でアルたちのもとへと戻るのだった。

◆　◆　◆

「――さて、誠一も帰って来たし、さっさと行こうぜ」

俺がテルベールから戻ってくると、すでに目的地に行く準備をアルたちは整えていた。

「ルーティアちゃんのお父さんのいるダンジョンは、もうすぐなの？」

「うん。本当にあと少し」

「そっかー。これから楽しみだね！」

「……うん」

サリアの明るい言葉に、ルーティアはどこか複雑な表情を浮かべていた。

まあ魔神教団の連中に変なことされてないかとか、気が気じゃないよな。

「んじゃあ、さっそく行こうか」

こうして先に進むと、ルーティアの言葉通り、目的地がすぐに見えてきた。

そこは、巨大な穴が地面に開いており、地下に向かって階段が続いている。

「ここが、ルーティアのお父さんがいる場所なんだよな？」

「うん……」

「……誠一の攻撃の余波、ここまで来てんのかよ」

アルの言う通り、どうやら俺が打ち返した種がこの周辺も通過したようで、地面がかなりえぐり取られていた。

そんな地面を頬を引き攣らせながら見つめていると、俺はあることに気づく。

「……ん？　なあ、ルーティア」

「何？」

「お父さんのいるダンジョンの近くの地面……あそこだけぽっかりえぐり取られたような大きな穴が開いてるんだけど……」

「……本当だ」

そう、ダンジョンの横の地面が、何故かクレーターができたみたいに綺麗にえぐり取られていたのだ。

それはどう見ても俺の打ち返した種が原因って感じでもないし……違うよな？

「誠一の攻撃のせい……って感じでもなさそうだな」

「……ん。誠一お兄ちゃんの打ち返したっていう種、確かに地面をえぐってたけど、これはピンポイントにそこだけくり貫かれてる感じ」

「で、でも、誰がこんなところをくり貫くんでしょうか？」

ゾーラの一言にみんな考えるが、答えは出てこない。

そもそもダンジョンじゃなく、その横の土地がくり貫かれてるってのがなおさら意味不明だし。

「……まあ考えても分からないし、今はルーティアのお父さんの方に集中しよう」

「そうだね！」

多少気になるものの、俺たちはすぐにルーティアのお父さんのいるダンジョンに足を踏み入れるのだった。

誠一たちがルーティアの父親の封印されているダンジョンに入った頃、その近くに建てられていた魔神教団の施設は大惨事になっていた。

◆◆◆

「何だ……何なんだ、この植物は⁉」

「わ、分かりま――ぎゃああああああ！」

「そもそも植物なんですか、これ⁉」

周囲に気づかれないように光学迷彩機能を備えたこの建物は、普通は見つけることができない。

そしてダンジョンに入る際も、誠一たちはそんな建物を見ることはなかった。

光学迷彩だろうが何だろうが、普通なら誠一が気づかないことはない。

しかし、それでも誠一たちがその建物に気づかなかったのは――単純にその場所にはすでにその建物がなかったからだった。

何と、世界が気を利かせ、わざわざこの建物に時間をとる必要がないと判断したため、誠一たちはもちろん、そこにいた魔神教団の使徒たちでさえ知らぬ間に、まったく違う場所に建物が転移していたのだ。

――それも、まったく違う惑星に。

その結果、ルーティアの父親の封印されているダンジョンの横は、まるで何かにくり貫かれたかのような状態になっていた。

そして、転移した先のその惑星は元いた星と同じように生きることができる環境だったが……それは、彼らにとって運が良かったのかは分からない。

転移しただけでも大ごとだが、この魔神教団の施設には、誠一が打ち返した謎の植物の種がたくさん被弾した直後に転移したため、より一層悲惨なことになっていた。

そう、誠一の種の被害者はヴィトールだけでなく、魔神教団の使徒たちも例に漏れず綺麗に被害を受けていたのだ。

必死の思いで謎の植物の種子砲弾から逃れた使徒たちだが、彼らはまだ気づかない。

星が違うということは、そこには未知なる生物が存在する可能性に。

「――――グルルアアアア！」

「ひっ、ひぃぃぃいいいい⁉　こ、今度は何なんだあああああ⁉」

「ば、化け物です！　人型の、未知なる装備をした化け物が！」

「ま、魔神様ああああ！　た、助けてえええええ！」

どれだけ叫ぼうとも、彼らの声は魔神に届かない。

何故ならこの星は、かつて神々が生み出し、放棄した数ある星の一つなのだから。

「そ、そうだ！　今こそ研究により生み出した化け物どもをぶつけろ！」

「そ、それが……！　星からエネルギーを摂取していたのですが、その供給がストップしており、化け物どもの制御ができません！」

「何だと⁉　と、ということは……まさか……⁉」

使徒の考えている通り、最悪の事態が訪れた。

「――ギャアア！」

「ケケケケケケケ！」

「フシュー！　フシュー！」

次々と培養カプセルから解き放たれる化け物たち。

それらは、本来制御できたはずの存在であったが、その前提条件として元星の下でのみ可能という制約があった。

というより、他の惑星に移動する事態など誰も考えないので、それも仕方がない。

ただ、元いた星のエネルギーを使い、自身の手で生み出した化け物たちを制御するシステムを構築していたからこそ、その供給が絶たれた今、化け物たちは無作為に襲い掛かった。

「だ、ダメです！　制御できません！」

「もう駄目だ……おしまいだあああああ！」

常軌を逸したように叫び、逃げ惑う同僚たちを目にしながら、リーダー格の使徒は呆然とする。

「馬鹿な……何が……何が起きたというのだ……我々は、魔神様の寵愛を受けし存在なのだぞ……それが……」

その答えはただ一つ。

魔神より理不尽な『人間』がいた。

ただ、それだけであることを――使徒たちが知ることは永遠になかった。

夜王

「……なあ、だいぶ下りてるけど、まだつかないのかな？」

ルーティアのお父さんのいるダンジョンに突入した俺たちだが、なんと未だに階段を下り続けていた。

ダンジョン内部は、石壁に松明がかけられており、そこまで暗くない。

数が少ないとはいえ、今まで潜ったダンジョンはどれも迷路だったり部屋だったりが存在した。

だが、今の俺たちは迷路どころか部屋にすらたどり着いておらず、何なら魔物も見ていない。

「……おい、ルーティアよ。本当にここにいるんだろうな？　かれこれ三十分は下り続けているぞ」

「ここにいる。それは、確かに感じてる」

「ぐぬぬ……ならばせめて、魔物くらい置かんか！　食えぬではないか！」

「……食いしん坊。それはおかしい。魔物が出ないのはいいこと。それだけ体力を消耗しない」

「その魔物を食えば失った体力などすぐに回復するだろう。むしろ、未知なる食べ物を食べられることで得ですらある」

「……もう知らない」

オリガちゃんはルルネの反応にため息を吐いた。

今のところルルネに人間の飯を食わせたことは、俺の人生で失敗したことワーストスリーに入るな。マジで。

俺もルルネの反応に呆れながら進んでいると、このダンジョンに入って初めての扉にたどり着いた。

その扉自体は特別派手な装飾がされているというわけでもないが、分厚く、頑丈そうだ。

「これは……アルは何か分かる？」

「ん？　さすがに中に入ってみなきゃ確実なことは言えねぇが……長年冒険者としてダンジョンを潜ってきた身としては、何となくこのダンジョンの主的な存在の部屋っぽい気がする」

「え？　いきなりボスの部屋とかそんなことあるのか？」

「今までの経験で照らし合わせればないって言うが……ダンジョンはそもそも不明なことが多いからな。それこそゾーラのいたダンジョンも驚きの連続だったしよ」

「そんなものか……」

アルの言葉に俺が納得していると、ルーティアが真剣な表情で扉を見つめていた。

「……どうしたの？　ルーティアお姉ちゃん」

「この先に……お父さんの気配がする」

「ええ!? じゃ、じゃあ、この扉の向こうにはもうルーティアさんのお父さんがいるんですか？」

「多分……」

「何だっていいではないか。早く出会えるのならそれに越したことはない」

「……本音は？」

「早く出てご飯が食べたい！」

「……ルーティアお姉ちゃん。食いしん坊は無視していいよ」

「う、うん」

「オリガ!?」

いや、オリガちゃんの対応が正しいと思う。

すると、ルーティアと同じように扉を見つめていたサリアが、首を捻っていた。

「ん？ どうした？ サリア」

「え？ あ……うーん……気のせい……だと思うんだけど……」

「？ 何か気になることでも？」

「うん……気になるっていうか……扉の向こうからルーティアちゃんと似た気配がするから、多分ルーティアちゃんのお父さんがいるのは確実だと思うんだけど……何となくモヤってするっていうか、なんていうか……」

「それは……いつもの野生の勘ってヤツか？」

「うん、そうだね」

「ふむ……」

一見ふざけているようなやり取りだが、サリアの野生の勘はバカにできない。

扉の先に行く時は、多少警戒しておいた方がいいだろう。

それにしても……サリアは何てことないように扉の向こうからルーティアと似た気配がするって言ってたけど、そんな気配はまったく分からないぞ、俺。

もちろん冥界でルシウスさんやゼアノスの修業で気配を察知する術は身に付けたけど、その気配の種類とか判別はまったくできない。

どうやってるんだろうな？　俺からするとどれも同じように感じるんだが……。

ふとそんなどうでもいいことを考えていると、ルーティアは決心がついたようで、扉に手を当てた。

「うん……大丈夫。行こう」

そして、扉を開け、その先に入ると――――。

「え？」

「これは……」

――夜空が広がっていた。

ゾーラのダンジョンでもそうだったが、このルーティアの父親が封印されているダンジョンも、どういう原理か、まるで別世界のような空間が広がっていたのだ。

周囲に建物のような影はなく、草原が広がっており、空には光り輝く星と月のようなものが浮かび上がっている。

俺の知識としては月だと思うが、ここって異世界だもんな。月に似た別の星だろう。むしろ月が地球にいた頃と同じような大きさで見えたら、今いる世界って地球から案外近いことになっちゃうし。

全員で扉の中に入ると、扉はひとりでに閉じていき、消えてしまった。

「なっ⁉ 扉が消えた⁉」

「……ん。完全に消えた」

驚く俺をよそに、オリガちゃんが扉のあった位置を調べてくれたが、どうやら本当に消えてしまったらしい。

つまり、俺たちはこのダンジョンに閉じ込められたことになる。

転移魔法で脱出できるとは思うが……まあ最悪前と同じようにダンジョンの天井をぶち抜いて脱出するけど。

でも、どう見てもダンジョンっぽくないんだよなぁ。

というのも、外にいる時と何ら変わらない空気の匂いや、今も俺たちの肌をなでる風が、とても地下に疑似的に生み出された偽物の世界だとは思えなかった。いや、ダンジョン内に広がる世界が、偽物の世界って決まってるわけじゃないけど。

でも、ゾーラのダンジョンで感じた時以上に、このダンジョンでは外にいるような感覚になった。本当にダンジョン内部なのか？

ひとまずこの場所に留まっていても仕方がないので、この何もない草原を突き進む。

【嘆きの大地】は周囲一帯が荒野で暑かったが、この場所は風もあるし、青々とした草原が広がっており、爽《さわ》やかさすら感じる。

魔物の出現などを警戒しながら進んでいると、ふとルーティアが足を止めた。

「あ……」

「ん？　どうした？」

ルーティアが目を見開き、何かを見つめて立ち止まっているため、俺たちもルーティアの視線を追ってその先を見ると……一人の男性が立っていた。

その男性は魔王軍の人たちが着ていた軍服を身に着けており、その上から赤色のマントを羽織っている。

体つきはかなりガッシリとしており、とても渋いおじ様といった顔立ちをしていた。

オールバックの髪や瞳はルーティアと同じ色をしていた。

ルーティアはその男性を呆然と見つめる。

「お、お父さん……」

その一言だけで、俺たちは目の前にいる男性が誰なのか理解した。

どこかルーティアの面影を感じなくもないが……予想以上に厳つい男性だな。もっとこう、ルシウスさんやゼアノスみたいな優男風の男性像をイメージしてたわ。

そんなくだらないことを考えていると、ルーティアの父親である男性は軽く微笑《ほほえ》み、手を広げた。

「――久しぶりだな、ルーティアよ」

「っ！　お父さん……！」

一体どれほどの期間離れ離れだったのかは分からない。

でも、こうして出会えた今、ルーティアは今まで我慢していたものを解放するように、走りだした。

だが――。

「っ！　ルーティアちゃん、ダメ！」

「サリア⁉」

「え⁉　な、何で止めるの⁉」

なんと、サリアが急にルーティアに抱き着き、父親に近づくことを止めてしまった。

そのことに俺たちが驚き、ルーティアに至っては理解できないと言わんばかりにサリアを見つめる。

しかし、サリアはルーティアを解放することなく、ルーティアの父親に厳しい視線を送った。

「貴方……ルーティアちゃんのお父さんじゃないよね？」

「え？」

「……君は誰なのだ？　我々家族の再会を邪魔するとは……」

あり得ないと言わんばかりに目を見開くルーティアと、不愉快そうに顔をしかめるルーティアの父親。

突然の不穏な状況にオリガちゃんとゾーラはオロオロし、アルもなんていえばいいのか分からず困惑していた。

かくいう俺も困惑しており、この中で唯一ルルネだけが周囲に魔物……というか食べ物がないかを探していて俺たちの様子など気にしていなかった。

ルーティアはサリアの拘束から何とか逃れると、キッとサリアを睨む。

「サリア。適当なこと言わないで。私が、お父さんを間違えるはずがない。ここにいるのは、本当のお父さん」

「違うよ！　いや、本当のお父さんなんだけど、違うんだよ！」

「サリアの言ってることは、分からない。邪魔をしないで」

サリアは適切な言葉が見つからないようで、必死にルーティアを説得しようとしているが、ルーティアは気にせず父親に近づこうとした。

それを見て、サリアは俺に視線を向ける。

「誠一！　ルーティアちゃんを止めて！」

「誠一……貴方も私の邪魔をするの？」

「ええ……？」

俺としてはまったく状況についていけていないんだが……。

ルーティアは目の前にいる男性が父親だというのは間違いないと言い切るが、サリアはそれは合っているけど違うという。

……ヤバい、ますます訳が分からなくなってきたぞぅ！

サリアたちに視線を戻すと、どこか懇願するように俺を見つめるサリアと、真剣な表情で俺を見るルーティア。

ただ、一つだけハッキリしていることがある。

俺は、サリアを信じている。

でも、サリアの感じている何かが、野生の勘なのかは分からない。

サリアが理由もなくこんなことを言い出さないことだけは分かっている。

「ごめんな、ルーティア。俺はサリアを信じる。だから、君をあの人のもとに行かせるわけにはいかない」

「……無理にでも行くって言っても？」

「その無理が利かないくらい、俺は理不尽になるよ」

ルーティアが俺を睨み続けていると、不意に笑い声が聞こえてきた。

「……ッククク……クハハハハハ……！」

「お父さん……？」

その笑い声の主はルーティアの父親であり、父親は顔を手で覆いながら耐え切れないと言わんばかりに大声をあげて笑う。

「傑作だ！　実の娘が、父親のことを見抜けないとは何て間抜けな話なんだ！」

「え……」

「だが、同時に不愉快だ。そこの女のせいで、この体でその娘を殺してやろうと思ったのに……貴様らのせいで計画が狂ったではないか」

「お、お父、さん？　何を言って……」

呆然と呟くルーティアに対し、父親……否。父親の姿をしたナニカは、歪んだ笑みを浮かべた。

「まだ分からぬか？　我は貴様の父親などではない。貴様の父親は――――死んだよ」

「――――」

目の前の男の言葉に、ルーティアは呆然としたまま膝をついた。

「ルーティア⁉」

「テメェ……！」

慌てて俺がルーティアを支えると、男の態度を見かねたアルが、いきなり男目掛けて襲い掛かる。

だが……。

「ずいぶんと野蛮な女だな？　余の前に立つな——ひれ伏せ」

「っ⁉」

その瞬間、アルはまるで見えない何かに上から押さえつけられるように、その場に崩れ落ちる。

だが、膝はつかず、その謎の圧力に耐えていた。

「ほう？　余の言葉に抗うか」

「う、るせぇ……この、似非《えせ》貴族が……！」

「何だと……？　っ⁉」

アルの言葉に激昂しかけた男だったが、そのすきを見逃さず、オリガちゃんが男の背後に回っており、首目掛けてクナイを突き立てた。

「……首、もらった」

「ぬぅ、鬱陶しい……」

オリガちゃんの攻撃はしっかりと届き、クナイが首に突き立つも、男は顔をしかめるだけでたいしてダメージを受けているようには見えない。

だが……。

「吹ッ飛ブ」

「はあ⁉　何だ、貴様は！　ガハッ⁉」

男の懐に潜り込んだサリアが、そのがら空きの腹目掛けて渾身の一撃を放った。

その衝撃はすさまじく、男の背中から衝撃が突き抜ける様子さえ視認でき、その余波で周囲の草が激しく揺れる。

空中に放り出された男は、そのままルルネの方に飛んで行ったが、ルルネはその様子にまったく興味を示した様子もなく、鬱陶しそうに足で蹴り払った。

「食べ物探しの邪魔だ！」

「ぐぼあ⁉」

その蹴りは綺麗に横っ腹に突き刺さり、男は無残な姿で遠くに飛んで行った。

その一連の流れを見ていた俺は、呆然としたまま呟く。

「えーっと……俺もさっきのヤツの言葉はどうかと思ったから、手を出そうと思ってたんだけど……必要なかったみたいだな……」

「そ、そうですね。というより、生きてるんでしょうか？　あの人……」

ゾーラの言う通り、普通ならオリガちゃんの攻撃で致命傷だろう。しかもあのクナイには特殊な効果もあり、状態異常を引き起こすことさえできるのだから。

何はともあれ、吹き飛んだ男より、今はルーティアの方だ。

「ルーティア、大丈夫か？」

「……お父さんが、死んだ……」

声をかけるも、未だに先ほどの男の言葉が信じられないようで、虚ろな表情で呟いていた。

……なんて声をかければいいのか、俺には分からない。

俺も、地球にいた頃、父さんたちが死んだって聞いた時は、全然状況を飲み込めなかった。

ただ、今の男の姿が紛れもなくルーティアの父親なのだとすれば、父親の姿を悪用しているヤツということになる。

それは、俺も許せない。

とはいえ、先ほどのサリアたちの連携で、とても無事だとは思えないが――――。

「――――ハハハ。驚いたぞ」

「ッ!?」

「ソンナ……確実ニ体ノ芯ヲ捉エタハズ……」

「……ん。私も首に、クナイを確実に刺した。またさっきの神徒って人と同じような能力？」

なんと、あれだけの攻撃を受けたはずの男は、無傷で何事もなかったかのように歩いて帰ってきたのだ。

確かにこれは、オリガちゃんの話で聞いていた神徒の能力が真っ先に浮かぶが……それにしては、サリアたちに何か影響が出ているように見えない。

すると、男は不愉快そうに顔をしかめた。

「貴様……余を誰と比べておる？　不敬であるぞ！」

「……じゃあお前は誰だって言うんだよ」

俺の質問に対し、男は大きなため息を吐いた。

「はあ……無知とは恐ろしいものだな。余を知らぬとは……いいだろう。教えてやろう。余は、『夜王《やおう》』なり」

「夜王？」

聞き慣れない言葉に首を捻り、サリアたちの様子も見てみるが、全員知らないようだ。

「『夜王』たる余を！　夜の支配するこの場所で！　倒せるはずがあるまい？」

「んなの、やってみなきゃ分からねぇだろ……！」

「へ？」

「誠一、ダメ！」

「ぶへら⁉」

一瞬で夜王とやらに俺は近づき、殴り飛ばそうとした瞬間、サリアの制止する声が耳に届いた。

そのため、もとより世界を壊さない程度に手加減していたものを、さらに手加減した形で俺の拳が夜王の顔面に突き刺さった。

再び遠くに飛んでいく夜王を見送りつつ、俺はサリアに訊く。

「さ、サリア。なんで止めたんだ？」

「だって、あの人の体は、ルーティアのお父さんのモノだから……」

「え？」

「――その通りだ、小娘」

「ん？」

手加減したとはいえ、かなり遠くまで飛んで行ったはずの夜王が、もうすでに俺たちの近くに戻ってきており、俺が殴った鼻の部分をさすりながら帰ってきた。

サリアたちが攻撃した時と違い、俺の攻撃を受けた夜王はダメージを受けているようである。

そして、夜王は心なしか俺に怯えた視線を向け、ぼそぼそと何かを呟いていた。

「お、おかしくないか？　夜の支配者たる余にダメージを……」

「何言ってるのか分からないけど……どうやって戻って来たんだよ？　かなり遠くまで飛ばしたつもりなんだが……」

俺の質問に、夜王はハッと正気に返ると、勝気な笑みを浮かべた。

「フッ……分からぬか？　余こそが夜であり、夜こそが余である。つまり、夜のある場所に余は存在するのだ。この夜が支配する場所で、余が移動できぬ場所も、距離も存在せぬ」

どうもこの夜王とやらはやたらと夜に関係する能力を持っているみたいだ。

「だからこそ、夜の支配するこの場所では、余こそが――――があっ⁉」

「っ⁉」

突然、夜王が胸を押さえ、苦しみだしたことで、俺たちは夜王から距離をとり、警戒をした。

すると――――。

「ルー……ティ……ア……！」

「え……お父……さん……？」

先ほどとは打って変わって、夜王の雰囲気ががらりと変わったのだった。

朝は駆けつける

突如雰囲気ががらりと変わった夜王は、その場で崩れ落ち、膝をついた。

「うぐっ……！」

「お、お父さん……！」

「ルーティア⁉」

「誠一！　大丈夫だよ！」

「え？」

夜王に駆け寄るルーティアを慌てて引き留めようとすると、サリアが最初の時とは違い、今度は俺を引き留めた。

「どういうことだ？」

「今のあの人は、正真正銘、ルーティアちゃんのお父さんだよ！」

「ええ……？」

ますます訳が分からない。

夜王の話ではルーティアの父親は死んだって言ってたのだが……。

困惑する俺をよそに、本物のルーティアの父親と呼ばれた男性は、苦しそうにしながらルーティアに説明した。

「じ、時間がない……よく聞け」

「お父さん、一体何が――――」

「聞けッ！」

「っ……はい」

ルーティアは父親に怒鳴られ、体を一瞬硬直させるが、素直に頷いた。

その様子に父親も微かに微笑む。

「いい子だ……今の余は、『夜王』と名乗る……別の『ナニカ』、に……体が、乗っ取られかけている……」

「別のナニカ……？」

「ああ……魔神教団、など、という……ぐっ……ふざけた、連中に体を弄られてな……」

「ッ！」

ルーティアのお父さんの口から語られる内容に、ルーティアは固く拳を握った。

「余に植え付けられたそのナニカは……もう出会ったから分かるだろうが……『夜王』の名の通り……夜において、絶大な力を誇る……もはや、神と呼んでもいいだろう……」

「か、神って……黒龍神、みたいな？」

「次元が違う……夜王は、夜の間は、何が起きても死ぬことも、ダメージを受けることもない。

それこそ、奴らの崇める魔神であったとしても……」

おいおい。なんだ、そのとんでもねぇ存在は。

《絶死》やら《共鳴》やら能力が最強といっても差し支えない連中を相手にしたっていうのに、ボスの魔神以外でまだその上がいるの？　おかしくない？

てか、夜限定とはいえ、崇めてる魔神は越えちゃダメだろ。魔神教団のしたいことが全然分からねぇ。もしかして、そんなとんでもない存在を生み出しておいて、制御できるとでも思ってたんだろうか？

……あれ？　でも、今の話が本当なのだとしたら、俺が殴った後に痛そうにしてたのは……気のせいだったのだろうか？

すると、話を聞いていたルーティアは顔を青くしながらなんとか口を開く。

「じゃ、じゃあ……どうすればいいの？」

「倒す方法は、ただ、一つ……朝に、する……こと……」

「朝にすること？」

不思議な条件にルーティアが首を捻る。

夜王だから朝が弱いのか？　単純だな。

そんな風に思ったのは、俺だけではないだろう。

実際ルーティアも何がそんなに危険なのか分からないでいると、ルーティアの父親はそれを察した様子で続けた。

「朝になれば……余の力の方が強く、なり……夜王の精神を、封じ、こめることができる……」

「それなら……！」

「だが、この地では……それは不可能だ……」

「ど、どうして⁉」

「この星は、朝がない」

『は？』

ルーティアの父親の言葉に、俺たち全員の言葉がシンクロした。

朝がないって……どういうことだ？　そもそもここってダンジョン内じゃないの？

混乱する俺たちの疑問に、ルーティアの父親は苦しいのを我慢しながら教えてくれた。

「ここは、ダンジョン……では、ない。お前たちのいた星とは、別の、星だ」

『っ⁉』

え、いつの間に惑星間を移動したの⁉　そもそも移動した感が全然ないんだが⁉

だってただ階段を下りただけだし！

「朝がない、から、この場所では……ヤツは、無敵、だ……そして、さらに悪いことに……余が、この地に封印、されている、関係で……この場所から転移することが、できない……つまり、朝のない、この地、で……倒すしか、ないのだ……」

「……誠一お兄ちゃんの魔法なら、封印を解くことができるよ？」

話を聞いていたオリガちゃんがそう告げるが、ルーティアのお父さんは首を横に振った。

「これは封印であって、封印ではない。余にとっては……封印、だが……ヤツにとっては、便利な祝福、なのだ……だから、封印を解く、という……手段は……意味が、ない……」

「そんな……それじゃあ、倒せるわけが……」

「ああ……余も最初はそう思っていた……だが、そこの男なら……」

「え、俺⁉」

急に視線を向けられた俺は、思わず口調も気にせず素で応えてしまった。

そんな俺を気にした様子もなく続けようとしたルーティアの父親だったが、突然、雰囲気ががらりと変わる前のように胸を押さえ、苦しみ始めた。

「う……ぐぎっ……うがあああああああああああ！」

「お、お父さん！」

「ルーティアちゃん、ダメ！」

「ヤツ……を……たお、せ……」

「お父さん！　お父さん！」

最後の力を振り絞るように口を動かす父親に寄り添おうとするルーティアを、ゴリラ化したサリアが一瞬で抱えて飛び退いた瞬間、先ほどまでルーティアのいた位置をルーティアの父親が何かをえぐり取るかのように腕を突き出していた。

そして、再びルーティアの父親の雰囲気ががらりと変わり、夜王の時の雰囲気に戻ってしまった。

「ぐっ……はぁ……はぁ……しぶといヤツめ。先ほど殴られた衝撃で出てくるとは……余はどれほどの衝撃を受けたというのだ……」

「っ！　お父さんを、返せ！」

ルーティアはそう叫ぶと、ルーティアの背後に黒炎でできた巨人を出現させ、夜王に殴り掛かった。

だが、夜王はその攻撃を避けようともせず、そのまま受ける。

そして当然のように無傷でそこに立っていた。

「ハッ……小娘が。貴様の父親から話は聞いていなかったのか？　余は、この地において、無敵なのだ。無敵なのだよ！」

そう言いながら夜王が両腕を広げた瞬間、周囲の闇夜が一斉に槍の形となり、俺たちに襲い掛かる。

「フッ！」

「誠一……！」

俺はその攻撃をひとまず『憎悪渦巻く細剣《ブラック》』で軽く切り払うと、闇夜の槍は霧となって消えていった。

その様子に、夜王は顔をしかめた。

「ええい、忌々《いまいま》しい……ゴミの分際で余の攻撃を防ぐとは……あと少し……そこの小娘の父親が消えれば、余は完全な存在になるのだぞ⁉」

「完全な存在？」

「そうだ！　余と貴様の父親は、いわゆる陰と陽の関係よ。そして、貴様の父親を飲み込んだ時、余は『陽』の力も手に入れることができ、同時に『魔王』という側面を持つ貴様の父親が消えることで、封印も解ける……つまり、この星に留まる理由がなくなるのだ！」

「そんな時間を与えるとでも？」

俺はすぐにゾーラのダンジョンで行ったように、頭上目掛けてこの星が壊れるギリギリラインで『憎悪渦巻く細剣《ブラック》』を振るう。

すると、すさまじい衝撃はが周囲に広がり、自分でもドン引くようなサイズの斬撃《ざんげき》が空の彼方へと消えていった。

「あれ？」

「きき、聞いて、なかったのか⁉　こ、こここここは！　だ、ダンジョンではなく、別の惑星、なのだぞ⁉」

俺の斬撃を見て、腰を抜かした様子で座り込む夜王が、そう言った。

……本当に惑星間を移動しちゃったかぁ。もっとこう、感動的な光景とかあってもよかったんじゃない？　俺らが見てたのってただの石壁よ？

まあこの世界のことを気にかけなくていいなら、次元くらい斬れちゃいそうだけど……。

ていうか……あれ？　じゃあ今のって斬撃の無駄？

「うわあ……ショックだ……」

「な、何なのだ、貴様は！　本当に人間か⁉」

「にに、人間ですけど⁉」

失礼しちゃうな、もう！

それよりも、無敵の存在っていう割には俺をやたら怖がってるように見えるが……もしかして？

「なあ、一つ確認したいんだが……」

「な、何だ⁉」

「俺なら別に、朝じゃなくても倒せちゃったりする？」

『……』

俺の問いに、夜王だけでなく全員が押し黙った。え、マジ？

ルーティアのお父さんが俺ならって言ってたのってそういうこと？

「そうか……なら倒すか」

「ちょ、ちょっと待ったああああああ!」

夜王は素早く立ち上がると、俺から距離をとる。

「貴様、余を本当に倒すつもりか!? そんな虫を潰すかのように!?」

「そりゃあ……ルーティアのお父さんも倒せって言ってたし……っていうか、散々雑魚だのゴミだの言ってたお前には言われたくねぇよ!?」

「黙れ黙れぇ! 余はこの世を統《す》べるに相応しい存在なのだ! 貴様らなどと比べるな! それに、よいのか!? 余を滅ぼすということは、まだ微かに残っている小娘の父親も死ぬのだぞ!」

「っ!?」

「え?」

その言葉に俺は思わず動きを止めると、夜王はニヤリと笑った。

「は、ハハハ! どうだ、手が出せないだろう!? 余を滅ぼすには、この体を消し飛ばすしかない。そうすれば、貴様らの求める父親も消えるぞ? ええ!?」

「それは……」

そんなこと言われちゃあ、簡単に手が出せねぇじゃねぇか。

俺が手を出せないと分かったことで、夜王は再び気を大きくし、勝ち誇った様子で次々としやべり始めた。

「ハハハハハ！　やはり勝つのは余なのだ！　もし朝が来れば、余ではなく小娘の父親の精神が余に勝り、そのまま消えていただろう。だが、魔神教団とか名乗る阿呆どもは、余を生み出すため、小娘の父親の封印を利用した上で、余にとって最も有利なこの場所に繋げたのだ。そして！　この場所は、朝日の役割を果たす天体が存在しない！　つまり、永遠に朝が来ることはないのだ！」

もはや自身の勝利が揺らぐことはないと確信した夜王は、俺たちを馬鹿にするように嘲笑《あざわら》う。

そんな夜王をどうにかするために、俺の持つスキル『同調』を発動させ、俺たちと同じように精神を一つに……とか考えたが、その場合、夜王……ルーティアのお父さんの体がその対象になり、今その体を支配下に置いているのは夜王なので、消えてしまうのはルーティアのお父さんの方だ。

そして、今の俺のスキルではこの夜王だけをどうにかする方法がない。

俺が気づいていないだけで方法はあるのかもしれないが、少なくとも今の俺が思いつかない時点で意味がない。

それはサリアたちも同じで、悔しそうに夜王を睨んでいると、ルーティアが何かを決心した様子で口を開いた。

「誠一」

「ん？」

「夜王を……倒して」

「え？」

「なあ!?」

まさかルーティアが父親を倒してもいいと言うとは思わなかったので、俺は驚く。

そしてそれは夜王も同じであり、先ほどまでの余裕はどこに消えたのか、焦り始めた。

「な、何を考えている!? 余を滅ぼせば、貴様の父親も永遠に消え去るのだぞ！」

「分かってる。でも、お前の狙いは……こうして時間を稼いでいる間に、お父さんの精神を取り込み、完全になること。違う？」

「ぐ!?」

図星だったようで、夜王は言葉に詰まった。

俺がこうして手を出せない間に、夜王はルーティアのお父さんの精神を完全に取り込み、どんな状況でも無敵な存在になるつもりだったようだ。

「だから私は……お父さんの望み通り、お前を倒す」

「ぐぎぎぎ……き、貴様ぁあ！」

夜王の顔は真っ赤に染まり、再び周囲の闇夜を使って俺たちに猛攻撃を仕掛けてきた。

だが、俺はそのすべてを【憎悪渦巻く細剣《ブラック》】の一振りで切り払う。

しかし、今度の夜王は後がないと言わんばかりに攻撃の手を緩めない。

「クソがクソがクソがああああああ！　消えろ消えろ消えろ！　早く消えろ、ゴミの分際で！」

夜王は俺たちに攻撃を仕掛けてきている間にも、必死に体の中にあるルーティアのお父さんを取り込もうとしていた。

夜王の攻撃を適当に切り払いながら、俺はあることを考えていた。

――――本当に俺は、コイツをルーティアのお父さんごと消し飛ばすしかないのか？

……そんなわけないだろ。

散々俺を精神的に疲弊《ひへい》させてきた俺の体だぞ。

朝が来ない？

来ないなら、呼べばいい。

「ルーティア」

「誠一……お願い」

目に涙をため、夜王を倒すことを懇願するルーティア。

そんなルーティアの頭を軽く撫《な》で、夜王に向き直った。

「クソが！　あと少し……あと少しで……！」

「……」

「誠一……？」

目の前で喚《わめ》く夜王をすぐに倒さず、集中するように目を閉じた俺に対し、ルーティアは困惑の声を上げた。

「誠一！　早くしないと、お父さんが――――！」

「ルーティアちゃん、大丈夫だよ！」

「え？」

「誠一が、全部何とかしてくれるから！」

困惑するルーティアに対し、そんな言葉を贈るサリア。

「ま、この程度何とかできねぇとは思わねぇよな」

「アルトリア？」

「心配いらねぇよ。アイツがどんだけ理不尽で非常識な存在か、オレたちはよく知ってる」

「……ん。確かに。誠一お兄ちゃんなら……楽しい結果が待ってるよ」

「楽しい、結果？」

アルとオリガちゃんの言葉に呆然とするルーティア。

「わ、私も、絶対に無理だって思っていた外の世界を、こうして見ることができているんです！　ですから、誠一さんに任せれば大丈夫ですよ！」

「ゾーラ……」

「何を心配している?」

「え?」

ゾーラの実感のこもった言葉を聞いていたルーティアに、俺たちのやり取りに興味を向けていなかったルルネも声をかけた。

「主様がいる時点で、お前が心配する要素はどこにもない。ただ安心して食べ物のことだけ考えてろ」

「た、食べ物?」

「……それは食いしん坊だけ」

無茶苦茶なルルネの言葉に、オリガちゃんがすかさずツッコんでいた。

全員、俺のことを信頼してくれている。

でも、これだけは言わせてほしい。

俺、そこまで理不尽でも非常識でもないからね!? できることがちょっと増えたかなぁ?ってレベルだから!

いや、そんなことはどうでもよくて、今は朝を呼ぶために……久しぶりに新しい魔法を生み出すのだから。

さあ――朝といえば何だ!?

――通勤・通学ラッシュ。

確かに朝だけど！　日本の忙しい光景だよね！

「……誠一お兄ちゃん、顔がすごいことになってる」

「……おい、本当に大丈夫か不安になってきたぞ」

「だ、大丈夫ですよ！　……たぶん！」

ごめん、ちょっと待って！

ほら、他に朝といえば……早起き、朝練、朝礼？

だあああああ！　イメージが湧かないっ！

何だ⁉　簡単だと思ったら意外と難しいぞ⁉

「はぁ……はぁ……あと……あと少しで……！」

「……！　誠一お兄ちゃん、急いで！　夜王が！」

なんと、夜王がもうすぐでルーティアのお父さんを取り込み終えてしまいそうらしい。

真面目にやってるんだけど、焦ってるのと俺自身の想像力が乏し過ぎて……！

もっと単純に考えるんだ！

太陽そのものをイメージするとか⁉

……それをしたら、直接太陽が出現してこの星そのものが蒸発する未来が見える……！

文字通り『朝を呼ぶ』魔法じゃないと……。

朝を呼ぶ……朝がくる……朝が来た……！

「────！」

そこまで考えて、俺は一つのイメージにたどり着いた。

それは────。

「っ！　は、ハハハ！　もう終わりだ！　ついに……ついに余は────」

「────コケコッコォォォォオオオオ！」

空気が、凍った。

……あれ、俺、今なんて言った？

イメージすることに必死過ぎて、自分が何て口走ったのか分からない。

周囲を見渡すと、サリアはニコニコしており、ルルネは意味ありげに頷いているが……アルは額に手を当て、オリガちゃんたちは呆然としている。

そして何より、夜王も『コイツは何を言ってるんだ？』といった表情を向けてきていた。あ、あれー？

俺が首を傾げていると、脳内にアナウンスが流れる。

『スキル【魔法創造】が発動しました。天体召喚《しょうかん》魔法【コケコッコー】が創造されました』

「…………。「コケコッコォォォォオオオオ⁉」」

何だ、その魔法名は⁉　名付けたの俺だけども！

た、確かに、朝が来るってイメージでニワトリの鳴き声を思い浮かべた！　思い浮かべたさ！

口に出しちゃってたかぁぁぁぁああああ！

頭を抱える俺に、アルが頬を引き攣らせながら口を開く。

「一応、聞いておくぞ……お前、ふざけてねぇよな？」

「ふ、ふざけてません！」

額に青筋が浮かんでいるアルに、俺は思わず気を付けの姿勢でそう答えた。

「そうかそうか……って信じられるワケねぇだろ⁉　お前、本当にこの状況分かってんのか⁉」

「わ、分かってるよ？　分かった上で、この状況を何とかするために魔法を創ってて、ついその魔法名が口から出ちゃったっていうか……」

「魔法を創るって時点で大概だが、魔法名どうにかなんねぇのかよ⁉」

俺もそう思います。

今までシリアスな雰囲気だったのに、一気に霧散してしまった。どうしてこうなった。

アルに説教されている俺を、呆然と見つめていた夜王は正気に返った。

「ハッ⁉　こ、この状況下で耳にするはずのない言葉に驚いたが……もう終わりだ！　余は、ついに完成――――」

夜王がそこまで言いかけた瞬間、周囲が一気に明るくなった。

「は？」

それはジワジワ夜が明けるとかではなく、本当に一瞬で夜から朝に切り替わったのだ。

空を見上げると、太陽に似た星が、燦々と光を地上に降り注いでいる。

もしこの状況に声を当てるとするのなら、今頭上で輝く星は、『はい、ドーン！』ってくらいの勢いでやって来たに違いない。

再び呆然と空を見上げていた夜王だったが、その体から煙が出ていることに気づくと急に苦しみ始めた。

「うっ⁉　ば、バカなあああああ⁉　な、何故、夜が……一瞬で⁉」

その答えは、やはり俺の創りあげた魔法にある。

アルの説教を受けながら、こっそり今回創った魔法を確認すると……。

『天体召喚魔法：コケコッコー』……太陽の役割を果たす天体を召喚する魔法。たとえ夜しかない星であっても、この魔法を使えばどんな距離も関係なく太陽と同じ役割を果たす星が一瞬で駆けつける。ちなみに、眠っている人間の眠気を吹き飛ばすことも可能。

やっぱり何度名前を確認しても酷かった。

天体召喚魔法なんていう仰々しくもカッコいい魔法系統なのに、名前が酷い！　ていうか、朝にするってだけなのに内容はかなり難しいのね。確かに太陽的な星がないから朝が来ないわけで、朝にするためにそれを召喚しちゃうって発想はどうかと思う。俺が創った魔法だけど。

そして何気に、最後の一文がありがたい。

朝って眠いもんね！　これがあれば遅刻の心配はねぇな！

「おい！　話聞いてるのか⁉」

「ごめんなさぁい！」

説教をまともに聞いてないと察したアルが、すごい形相で睨んできたので俺は思わず土下座をした。

そんな俺に、アルはまだ何か言いたげだったが、それをぐっと飲みこみ、ため息を吐いた。

「つく……はぁ……まぁ、結果として朝になったし、よかったんだろうけどよ……」

「じゃ、じゃあ許してくれるんですかね……？」

「別に本気で怒っちゃいねぇよ。ただ、お前があんまりにもふざけると、今まで深刻に感じていたオレがバカみてぇってだけだからな……」

「はい、すみませんでしたッ！」

怒られるより、そうやって疲れた表情される方が堪えるね！

でもこれだけは分かってほしい。

ふざけたくてふざけてるワケじゃないの！　真面目に考えた結果がコレなんで！　……救いようがねぇな。

頭を下げまくる俺の横で、サリアやオリガちゃん、ゾーラは空を見上げていた。

「うわぁ！　一気に朝になったねー」

「……ん。眩しい」

「す、すごいですね！　星が違っても、空の色は一緒です！」

「本当だ！」

「……青い」

さらに、ルルネも視界が一気に明るくなったことで、さらに目を血走らせて周囲を見渡していた。

「これだけ視界が晴れれば……！　どこだ!?　どこに私のご飯は!?　……って草しかないではないかッ！　食えるか、こんなもの！」

「お前、元はロバだからな⁉」

　草が食えないってウソ言ってんじゃねぇよ。

　完全に緊張感というか、シリアス感がなくなってしまった俺たちを、ルーティアはただただ困惑して見つめている。

「えっと……何が、どうなったの？　急に朝になるし、皆緊張感がないし……」

「まあ細かいことは気にするな。朝になったんだし、いいじゃん？」

「う、うん。……あれ？　そもそも何のために朝にしたんだっけ？」

「あ」

　ルーティアの言葉ですっかり忘れていた夜王のことを思い出し、夜王の方に視線を向けると……。

「な、何でぇぇぇええええ⁉　ど、どうじで、余を、誰も気にじないのだあああああ⁉　だ、だずげでええええええ！」

　体中から煙を噴出させ、すごく苦しんでいた。

　……あれ、大丈夫なんだろうか？

　いや、夜王自体は消えてくれていいんだけど、その煙、皮膚が溶けて出てるとかじゃないよね？

　恐る恐る夜王の体を確認するが、特に皮膚が焼けただれているとかそんな様子は見られない。

「ふぅ……よかった。無事だな！」

「無事じゃないよおおおおおおおお！」

夜王が無事かどうかを確認したんじゃなく、ルーティアのお父さんの体が無事かどうかを確認したんだから当然だろ。

俺の反応に絶叫していた夜王だが、最後はその場に膝をついた。

「こ、こんな……はず、じゃ……なかっ――」

「っ！　お父さん！」

夜王が前のめりに倒れる瞬間、ルーティアのお父さんの雰囲気へと変わった。

それがルーティアにも分かったようで、地面に倒れる寸前で父親を抱きかかえる。

すると……。

「ん……ここ、は……？」

「お父さん……お父さん。私。ルーティア。分かる？」

涙を浮かべるルーティアを、お父さんは優しく微笑んで見つめ、その涙をそっと拭った。

「ああ……分かる。分かるよ」

「っ……お、お父さあああああん！」

ルーティアは今まで我慢していたものが決壊したように、大きな声を上げて泣くのだった。

死煙の見たもの

せっかくの親子の再会ということで、俺たちは二人から距離をとり、二人の様子を見守っていた。

もちろんたくさん話したいことはあるだろうが、そこはルーティアもお父さんも理解していたようで、ある程度の時間が経つと俺たちのもとに近づいてくる。

「ルーティアから話は聞いた。改めて……余こそ、正真正銘、ルーティアの父親であり、現魔王であるゼファル・ビュートだ。娘の手助けをしてくれて、ありがとう」

そう言って頭を下げるルーティアの父親……ゼファルさんに、俺は慌てて口を開く。

「い、いえ！　俺の方こそ、力になれてよかったです！」

「そんな謙遜するでない。貴殿の力がなければ、余は夜王に取り込まれていた……そこで、貴殿の名を教えてもらえぬかな？」

「あ、柊《ひいらぎ》誠一って言います」

「そうか、誠一殿……改めて、ありがとう」

真剣な表情でそう告げるゼファルさんに、ルーティアだけでなく、サリアたちも緊張した面持ちになる。

そうか……俺の魔法が間に合わなかったら、ゼファルさんはここにいないんだな。本当に間に合ってよかった。

ただ一つ、気になることがある。

それは俺にとって、とても大事なことだ。

これを聞かないと、モヤモヤして仕方がない。

「一つ、いいですか？」

「む。余で答えられることであれば、何でも答えよう」

俺の質問を真剣に答えるためか、気を引き締めた様子のゼファルさん。

そんなゼファルさんに訊きたいことは……。

「その――もし取り込まれてたら、夜王は何て名前になったんですかね？」

「気になるところソコかよ⁉ てか縁起でもねぇ！」

俺の真剣な質問に、アルがすかさずツッコんできた。

確かに取り込まれていたらなんて縁起でもないかもしれない。

「でも気になるだろう？」

「いや、そう言われれば気になるけども、どうでもいいだろ⁉ ほら、もっと聞くべきことかあるんじゃねぇのか⁉」

「聞くべき……こと……？」

「マジかよコイツ！」

俺は別にこれ以外にゼファルさんに訊きたいことなんて何一つないんだが……逆にアルは何か聞きたいことがあるんだろうか？

そんな俺たちのやり取りを見ていたゼファルさんは、真剣な表情で頷いた。

「うむ。『全日王』とでも名乗っていただろう」

「なるほど……」

「アンタも答えるのかよ⁉　しかも超ダセェ！」

アルのツッコみが止まらなかった。

いやぁ……俺の予想では『昼夜王』とかかなって思ってたけど、『全日王』かぁ。ダセェな。いや、『昼夜王』もすさまじくダサいし、何ならネーミングセンスで俺が何かを言う資格はない。なんせ『コケコッコー』が魔法になるような人間ですからねぇ！

俺らの反応に頭が痛いと言わんばかりに額を押さえたアルは、大きなため息を吐くと真剣な表情をゼファルさんに向けた。

「はぁ……真面目な話をしますけど、ゼファルさんの中から本当に夜王は完全に消えたんですか？」

「ああ。それは問題ない。ちゃんと余がヤツの精神を飲み込みつくしたからな。心配いらない」

「ふむ……」

「アルトリア……？」

自信満々なゼファルさんの言葉を聞いて何かを考えているアルに対し、ルーティアが首を傾げながら声をかける。

すると……。

「念のためだ。誠一」

「ん？」

「ゼファルさんが本当に夜王のヤツを飲み込めたのか確認してくれ」

「俺が⁉」

「できるだろ？　いや、できる」

「断定された⁉」

「ううむ……この世界に朝がやって来ただけでも驚きなのだが、その上本当に消えたかの確認までできるのか……誠一殿はよほど優秀なのだな」

「……ん。誠一お兄ちゃんはすごい。人間じゃない」

「オリガちゃん⁉」

ちゃんと人間だから！　ステータスにもそう書いて――――ってステータスはまだ家出中だったよ！　ねぇ、どこまで行ってんの⁉

「んん！　まあ……果たしてそんなことができるかは分かりませんが、やってみます」

「まあ無駄な労力だとは思うが……よろしく頼む」

とはいえ、実際どうすればいいんだろうか。

また『魔法創造』のスキルで新たな魔法を生み出す必要があるのかね？　俺個人の感情としては今日はもう使いたくない。どうせまた変な名前になるだろうからな！

でも最終手段としては考えておこう。

そんなことを考えていると、俺はふと夜王がゼファルさんの体の支配権を握っていた時にできなかったことを思い出した。

そうだ……今なら、支配権はゼファルさんにあるんだし、『同調』スキルを使って俺たちと同じように精神を一つだけって状態にしたら、異物である夜王は消えるんじゃないか？

調べるのもいいが、実際いたら困るもんな。これでついでに倒せれば一石二鳥だろう。

というわけで、さっそくスキル『同調』を発動させた。

『スキル【同調】が発動……完了しました。今回の内容は、周囲に人間の精神数を元とし、対象者……ゼファル・ビュートの精神数を同調させせました』

「ぎゃああああぁぁぁぁ……――――」

『…………』

遠くに消えていく断末魔に、俺たちは無言になる。

何より、自信満々だったゼファルさんは、気まずそうに視線をそらしていた。

まさか、本当に夜王の精神が残ってるとは思わなかったよ。

皆何とも言えない表情を浮かべているので、俺は空気を変えるためにも話題を変えた。

「そ、そうだ！　もうここには用はないんだし、早く出ましょうよ！」

「そうだね！」

「くっ……結局、ここには未知なる食べ物はなかった……！」

実際、ゼファルさんも助けられたんだし、もうここには用はないのだ。

なので帰ろうとするが、ゼファルさんは静かに首を振る。

「余は、無理だ」

「え？」

ゼファルさんの言葉に、ルーティアが呆然とする。

「む、無理って……どういうこと？」

「ルーティア。夜王の時であれば、この地は祝福されし大地であったが、体の支配権を余が取り戻し、精神も余ただ一人となった今、この地は再び余を封印するための監獄となった。つまり、出ることは――――」

何だか話が暗い方に向かいそうだったので、手っ取り早く『リ●カーン大統領』を発動させた。ようやくこの魔法が使えたな。

俺の『リ●カーン大統領』を受けたゼファルさんの体を囲う光の輪が出現したかと思うと、弾けた。

その光景を見て、ゼファルさんは……失礼だとは思うが、かなり間抜けな表情を浮かべていた。

「へ？」

「あの、その封印とやらは解いたんで、帰れますよ？」

「…………」

俺の言葉の意味を理解するのに少し時間がかかっているのか、しばらくフリーズした状態のゼファルさんは、再び正気に返るとまた慌て始める。

「ほ、ほら、あれだ！　この地は別の星だという話をしただろう？　そういう意味でも、余だけでなく貴殿らも帰れないのではないか⁉」

「んー……誠一の転移魔法で帰れねぇのか？」

「帰れるよ？」

何だったら最初は天井だと思って普通の斬撃放っちゃったけど、空間を斬り裂いて別の空間に繋げることもできそうだし。ていうか、できるって俺の体が主張してる。ヤバいな。

アルと俺のやり取りにますます唖然とするゼファルさんだったが、もうヤケクソといった様子でまた口を開いた。

「た、たとえ元の星に帰れたとして、魔神教団の連中はどうする⁉　このダンジョンの外には魔神教団の施設があったはずだ！　あそこには使徒と呼ばれる連中がたくさん常駐しており、中には神徒などと呼ばれるもっと化け物のような存在もいるのだぞ⁉」

「魔神教団の施設？　そんな感じの建物、このダンジョンに入る時に見かけた？」

「いや？」

「私も見てないよー」

「……何なら、神徒を倒してから魔神教団は見てない」

「だよなぁ」

「……それに、誠一お兄ちゃんが転移魔法を使えるんだから、わざわざこのダンジョンの入り口に転移しなくてももっと安全なところに転移すればいい」

「それもそうだ」

　で、まだ何か心配事が？

　といった感じでゼファルさんを見ると、ゼファルさんは顔を両手で覆ってしまった。

「余、めっちゃ恥ずかしいじゃん……娘と今生《こんじょう》の別れって覚悟で口にしたのに……」

「お父さん……誠一は、理不尽だから」

「理不尽だなんて次元じゃないだろう？　何だ？　余を縛《しば》り付けていた封印を無詠唱で解除するだけでも意味が分からないというのに、特殊な技術もなく惑星間の転移ができるってどういうことなのだ？　余の封印、当時の勇者が命がけかつ本気で発動したものだぞ？　余もそうだが、勇者たちが不憫《ふびん》過ぎない？」

「大丈夫。誠一は異常なのが正常だから」

「ええ……？　ルーティアよ。付き合う人間は常識的なヤツの方が苦労は少ないぞ？　ていうより、サラっと聞き流していたが神徒を倒したって本格的に人間ではないな……」

「散々な言われようだなぁ!?」

確かに色々覚悟していたのを無視して解決しちゃったのは悪いと思うけど！　でもそこまで言うことないんじゃない!?　泣いちゃうよ!?

「とにかく！　帰れるんですから、それでいいでしょう!?」

「う、うむ」

「はい、これで話は終わり！　転移します！」

俺は有無を言わさぬ勢いで、転移魔法を周囲に広げると、そのままこの星から元の星へと転移する。

◆　◆　◆

一応、転移した後、ルーティアたちが魔王国に帰るって言ってもいいように、俺が通ってきた道の中で一番魔王国に近い場所に転移するのだった。

「フー……」

カイゼル帝国の首都ヴァルツァード。

その中心部にて威容を誇るツェザール城を、遠くの建物の屋上から鋭い視線で睨みつける男がいた。

男の視線はまるで猛禽類《もうきん》のようであり、この首都全域を見渡している。

「長かったなぁ……長かった」

男は、噛みしめるようにそう呟くと、どこか遠くを見つめた。

「あと少しで……お前の仇《かたき》をとってやるからな……」

男の大切な存在がこの世を去った原因であるこの国で、男はこれまで様々な情報を調べてきた。

そして今こそ、男――《死煙《しえん》》が復讐するのには、絶好の機会だった。

死煙は手元にある資料に目を通し、確実にこの復讐を遂行するため改めて確認をしていた。

「……ここ数か月の間、唐突に王の姿が見えなくなった。いや、謁見の間から姿を見せなくなったってのが正しいな……正直くたばったのかとも思ったが、部下の連中が飯らしきものを運んでいるのはこの目で確認している……それに、生きてなきゃあのクソッたれな侵略行為はしてねぇだろ」

手元の資料は死煙が稼いだ金で情報屋から買い取ったもので、確実性を求めた死煙は金に糸目を付けず、様々な情報屋から情報を得ていた。

それだけでなく、自身の目でその情報が正しいのかの確認もしつつ、さらには周辺諸国の情勢も含め、計画を練っていた。

「俺だけじゃなく、金を積んで多くの連中に見張らせてたが……クソ王が部屋に籠《こも》りっきりになってから、あの部屋に出入りしていた王以外の人間は全員きちんと退室している……ってなると、室内には護衛がいる可能性は低い……」

カイゼル帝国の王が急に部屋に籠もったというのはとても不可解で、死煙としてもなかなか見過ごしにくい不透明な状況ではあったが、その状況を抜きにしても、今の状態は死煙にとってとても好都合だった。

それは――――。

「あのクソ王の側近である《幻魔》のヘリオも他の国への侵略の指揮で忙しいし、何故だか《王剣》の野郎も王の護衛ではなく、独自で動いてるみてぇだ」

そう呟き、以前《王剣》と呼ばれるザキアと戦い、死煙自身が口にした『操り人形』という言葉を思い出した。

「……ハッ。どんな心変わりがあったかは知らねぇが……操り人形じゃあ……なくなったみたいだなぁ……」

そう呟くと、死煙は自身のトレードマークでもあるタバコを取り出し、火をつける。

「ふぅ……まあいい。一応、クソ王が引きこもり始めた時期は、《幻魔》の野郎が使ったアイテムで『超越者』を量産するとかっていう悪夢みてぇな状況の直後だったが……幸いその兵士どもも《幻魔》と一緒に戦争中だ。無視していいだろう」

カイゼル帝国の王であるシェルドにもアイテムを使用し、シェルド自身も『超越者』になった可能性も死煙は考えていたが、今の死煙にとって、その程度は些細なことでしかない。

「後は……クソ王の抱える暗殺者連中だろうが、ソイツも情報屋どもの話によっちゃあ、《幻魔》の依頼で動いてるらしいからなあ……ハッ。どっちが王だか分かんねぇなぁ」

そう言って煙を吐きだす死煙。

「――――これ以上ないくらい、俺にとっちゃあ好機だ。クソ王には、何の護りもない」

普通であれば、王の近くには護衛が置かれるはずだ。

その筆頭が《王剣》であるザキアだが、そのザキアは個人として……否、第二部隊全員でこのカイゼル帝国の裏で今は動いている。

もちろんその部隊を指揮しているのはザキアであり、そのことからザキアがこの国で何かしらの行動を起こすことが見て取れた。

そんなザキアが護衛についていないということは、今の死煙にとって脅威《きょうい》となる存在がいないことになる。

何故なら、この国最強の存在はザキアだったからだ。

他にも《幻魔》であるヘリオを含め、厄介な存在はいるが、ここまで準備を進めてきた死煙にとっては、それは脅威ではなかった。

「スー……はぁ……本当なら、この距離から狙い撃ちするのがいいんだけどよぉ」

忌々しそうに謁見の間の窓を睨む死煙だったが、以前自分が襲撃したことでその対策が取られており、狙撃することが難しくなっていた。

死煙としては、難しいだけで不可能ではないと思っていたが、シェルドを確実に殺すという目的と、何より窓際にシェルドの姿が見えないため、狙うことができないということから、狙撃という手段をとることができなかった。

死煙は今吸っているタバコをもみ消すと、新しいタバコに火をつける。

「ふぅ……んじゃあ、行くか」

心を落ち着かせた死煙は、建物の屋上から一気に飛び降りると、そのまま城目掛けて街中の建物の屋上を移動していった。

死煙が今回の計画を実行に移すにあたり、今の状況が一番都合がいいという点が大部分を占めているが、ザキアに狙撃を防がれてから今まで、自身の力を磨いてきた。

地道な修業だけでなく、死にかけながらも敵と戦い、さらには違法の薬物にも手を染め、体を酷使したのだ。

その結果、死煙は現在のザキアと同じく『超越者』の仲間入りを果たすまでに至っていた。

音もなく城内に進入した死煙は、気配を消したまま周囲を窺《うかが》う。

(城の廊下などには人の気配はなし、か……)

以前は多くの兵士たちや貴族が闊歩《かっぽ》していたはずの場内が、今は不気味なほど閑散としている。

さらに意識を城全体に広げ、スキルなどを駆使して気配を探った。

(……本当に変だな。以前とは比べ物にならねぇくらい静かだ。考えてみれば、城付近に居を構える貴族どもも動きが静かだ……)

今まではカイゼル帝国の貴族のほとんどが贅沢の限りを尽くし、国民から吸い上げた税を使っては毎日パーティーを繰り広げていた。

だが、不思議と街では貴族の姿も見えず、活気もない。

元々国民の間には活気がなかったからこそ貴族のバカ騒ぎが目立っていたのだが、今は国中が静かだった。

(……まさか、俺の存在に気づいて……？　いや。それだとしても、国を挙げて俺を罠にかける必要がねぇ。いくら俺が『超越者』になったとはいえ、その『超越者』を量産してる国がそんな警戒をする必要はないはずだ。何より、俺が『超越者』になったことすら知らねぇだろう)

「――――」

王のいる謁見の間に向かうにつれて徐々に不安が強まるが、ここを逃してしまえばいつ王を狙えるのか分からない。

死煙はその不安を押し殺すように首を振った。

(不必要なことは考えるな。俺の目的はただ一つ。この国のクソ王を殺すこと。それが達成できるのなら、俺の命なんざどうだっていい)

死煙は今回の暗殺で、死ぬ覚悟を決めていた。

それほどまでに今回の襲撃にすべてをかけていたのだ。

不気味なほど人気のない城を進み、ついに目的の部屋の前にたどり着く。

謁見の間の入り口には、本来なら門番らしき兵の存在があるはずだが、今はその姿すらない。

気味の悪い沈黙を保つ重厚な扉を前に、死煙は再び気配を探る。

(間違いねぇ……この部屋にいるのはただ一人だ。この気配がクソ王かどうかは分からねぇが……情報通りなら、この部屋にいるのはクソ王だけのはず……それに、向こうは俺に気づいた様子もねぇ)

自身の悲願達成まであと少しというところまで来たことで、死煙は緊張から右手に嵌《は》められた黒色の不思議な籠手《こて》の調子を確認した。

——以前も似た効果のワインレッドの籠手を使用し、ザキアとの戦闘に挑んだが、それではザキアに届かなかった。

だからこそ、自身が強くなるだけでなく、装備にも力を入れた死煙は、新たな装備としてこの【黒死《こくし》の魔弓手《まきゅうしゅ》】を選択していた。

その気になる効果は、魔力で矢を作成できることと、それをあらかじめストックし、必要に応じて亜空間から出現させられること。

そして、自身の持つ魔力を極限まで込めた矢を生み出せることにあった。

これにより、今日までの間に違法薬物や、今吸っているタバコなどの装備アイテムでドーピングした魔力で生成した矢のストックが、千以上もあった。

今の死煙なら、この極限まで魔力を込めた矢一本で、ザキアを倒せるだけの自信はあったが、以前負けていることもあり、過信はしていない。

それでも、そんな矢を千本以上用意し、さらに普通の魔力の矢すら一万本以上ストックしている死煙は、これ以上ないほど用意を重ねていた。

そして、部屋に入り、シェルドを見つけた瞬間に打ち抜けるよう、普通の矢を五十本、極限まで魔力を込めた矢を五十本の合計百本を用意していた。

（……大丈夫だ。俺はやれることすべてをやって、今ここにいるんだ。この先にいるクソ王を殺して、俺は――――）

覚悟を決めた死煙は、部屋に入った瞬間に室内にいるであろうシェルドを確実に殺せるように準備をし、ついに突入した。

「ッ！」

だが——。

「——は？」

死煙の口から、そんな声が漏れた。

確かに、部屋の中には『ナニカ』がいた。

——どう見ても人間には見えない、『ナニカ』がいたのだ。

「なん、だよ……コレ……」

用意していた矢を放つことすら忘れ、目の前の存在に目を奪われる。

「ぐじゅる……じゅる……ふしゅー……うぁ……ぁあぁ……ぎゃぎゃぎゃ……ぐぎ、がが……ふしゅー……だぁあ……」

死煙の視界に移るのは、蠢く肉の塊。

膨張した筋肉が今にも破裂しそうで、人間どころか巨人族だと聞いても納得してしまうほどの巨体。

口は牙がむき出しになり、顔全体が元の人間の顔としての原型を保てておらず、『化け物』という言葉が瞬時に浮かび上がるほど醜く膨《ふく》れ、浮き出た血管が顔じゅうに張り巡らされている。

頭は禿げ上がり、瞳には理性の光はなく、今もなお、用意された食事を口を汚しながら食い散らかしていた。

――これは、何なんだ。人間なのか？

死煙の存在に気づいた様子もなくただひたすらに貪《むさぼ》り食らう肉の塊に、死煙は言葉を失っていた。

「――どうじゃ？　陛下の姿は」

「ッ⁉」

突然投げかけられた声に、死煙は一瞬でその声の方向に備えておいた矢を放った。

だが……。

「おーおー恐ろしいのぉ。いきなり攻撃してくるとは……とんだ野蛮人じゃ」

また別の方向から声が聞こえ、再び声の方向に視線を向けると、そこには無傷のまま笑みを浮かべる《幻魔》――ヘリオの姿があった。

「どう、して……ここにいやがる……！」

「何じゃ、ワシがここにおるのがそんなにおかしいかのぉ？」

「惚けんじゃねぇ……！　お前さんは今、軍の指揮を……」

「何じゃ。ワシの情報を集めていた割には肝心のことが頭に入っとらんのぉ？」

バカにするように笑うヘリオの姿に、死煙は一つの答えにたどり着いた。

「――幻影か……！」

「正解じゃ。そして、ワシほどの大魔術師になれば、幻影にワシの考えを正確に投影すること
も可能……つまり、指揮などは幻影に任せてしまえばそれでいいんじゃよ」

「……ずいぶんな自信じゃねぇか。お前さんがいなくとも、周辺の国に勝てるって？」

「勝てるとも。それは貴様もよく理解できているじゃろう？」

「……」

死煙はヘリオの問いに答えなかったが、その沈黙こそがまさに答えだった。

もうすでに世界のほとんどはカイゼル帝国の手に落ちており、中には反乱軍を結成して動い
ている者もいるようだが、討伐《とうばつ》されるのも時間の問題だった。

それほどまでに、量産された『超越者』の存在は脅威なのだ。

「それに、ワシにはやることがあるからのぉ。そう簡単に城を空けるわけにはいかん」

「やることだと？」

「そうじゃ。まあ、貴様も無関係とはいえんなぁ」

「何を言ってやがる……!?」

一人で話を進めるヘリオに対し、すかさず死煙は額を打ち抜くように矢を放った。

だが、目の前でにこやかに語るヘリオの姿さえ、幻影の一つに過ぎなかった。

「無駄じゃよ。ワシを見つけることはできん。ザキアどもがワシに隠れたつもりで何かをして
いるようだが……どれもワシには届かんよ」

「ハッ……お前さんがどこにいようがこの際どうだっていい。俺の目的は、クソ王を殺すことだ」

死煙はヘリオの幻影を警戒しながらも視線を蠢く肉塊に向ける。

だが、ヘリオはそんな死煙の言葉に大声をあげて笑った。

「あっはははははは！　陛下を殺すじゃと？　無理、無駄じゃよ。貴様には殺せんよ」

「ああ？」

「せっかくじゃ。――陛下。玩具が来ましたよ？」

「あが……だあ……？」

「ッ⁉」

ヘリオの言葉に反応した肉の塊は、ゆっくりと視線を死煙に向けた。

それだけだというのに、死煙はまるで金縛りにあったかのように身動きが取れなくなる。

不気味さ、気持ち悪さ、生理的な嫌悪……そのすべてが濃縮したような目の前の存在に、体が自然と怯んでしまったのだ。

それだけではない。

死煙にとって、目標として定めていた殺すべき相手が……人間ではない、化け物の姿になり果てているこの状況も、理解できないという意味で死煙を困惑させている。

体が固まっている死煙に対し、陛下……シェルドと思われる肉の塊は、ゆっくりと体を動かし────。

「がッ────!?」

死煙の体が、吹き飛んだ。

そしてその勢いのまま城の壁に激突すると、死煙は口から血を吐く。

「がはっごほっ！　何が────」

「だあああああああああああああああ」

「────」

壁に激突し、身動きが取れない死煙に対し、シェルドは容赦なく拳の嵐を浴びせた。

無造作に振るわれただけのその拳は、当たれば簡単に壁を粉砕するほどの威力を誇っており、『超越者』となってステータスを上げたはずの死煙でさえ、もうまともに体が動かせないほどに打ちのめされた。

その光景を前に、ヘリオは目を輝かせる。

「す、素晴らしい……！　これこそが、カイゼル帝国の……否！　ワイマール帝国の秘術か！」

常軌を逸したように笑うヘリオの声は、もう死煙の耳に届かない。

すでに息絶える寸前といったところで、ヘリオは思い出したように再びシェルドに命令をした。

「おお、そうじゃったそうじゃった……陛下。その辺でおやめくだされ」

「だあ……だあ？　がび……ぐげ……ぶぶぶ……」

「ひゅー……ひゅー……」

大人しくヘリオの言葉を聞くシェルドは、死煙からすでに興味を失うと、再び食事に戻るのだった。

「さて、こやつは――」

「――私が引き取りましょう」

「！　ゆ、ユティス様！」

何の前触れもなく現れたユティスに、ヘリオは慌ててその場で膝をついた。

「この男は私が引き取っても大丈夫ですよね？」

「ど、どうぞ！　お好きにお使いください！」

ヘリオがそう告げると、ユティスは指を鳴らす。

その瞬間、死煙の体全体を黒い靄が包み込み、靄が消えた後には死煙の姿はなくなっていた。

「ふふ……《死煙》、でしたか。いい駒になりそうですねぇ」

「！　なるほど……我々の駒として使うつもりなのですか」

「そうですよ」

感心するヘリオに対し、ユティスは笑みを浮かべる。

「それにしても……久しぶりですね、ヘリオ」

「お、お久しぶりでございます！」

「そうかしこまることはありませんよ。貴方のおかげで、世界は混沌と化し、魔神様が復活されたのですから……」

「っ⁉　ま、魔神様が復活されたのですか⁉」

「ええ」

ユティスの言葉に、ヘリオは感動したように体を震わせた。

「お、おぉ……ついに……ついにですか……！」

「そうです。ですが……」

「？　どうかされたのですかな？」

ユティスの反応に首を傾げるヘリオ。

「……残念ながら、永き時を眠りについていた魔神様は、まだその御力を完全に振るうことができません」

「！　な、なんと……それは大丈夫なのですか？」

「ですから、まだ継続して世界に負の感情を満ちさせなければなりません。それで、魔神様が御力を取り戻せるのですから……」

「それはもちろんですとも！　もはやこの大陸で攻め落としていない場所はごくわずか……そ

ろそろ別の大陸にも乗り込もうと考えていたところです」

「それがいいでしょうね。ただ、魔神教団としては表立って動くのが少々難しくなりましたが……」

「どういう意味ですかな？」

ヘリオが訝《いぶか》し気にそう訊くと、ユティスは苦々しい表情を浮かべた。

「何者かが、魔神教団の人間を倒していっているようなのです。それに、『神徒』である《絶死》のデストラとも連絡が取れず……確実に魔神教団の人員が減っています。もしかすると、デストラも何者かにやられている可能性も……」

「し、神徒様が!?」

《幻魔》の異名を持つとはいえ、魔神教団の『使徒』に過ぎないヘリオはユティスの言葉に驚いた。

それほどまでに『神徒』の力は絶大で、特にデストラの能力などは『神徒』の中でも特別凶悪だった。

何せ、教団が崇める魔神すら殺すことができると豪語するほどの絶対死の力を持ち、魔神を殺さないのは自分の気まぐれと言い切るほどの人物だったからである。

そして、その能力を魔神も把握しており、魔神から見てもデストラの能力は本物だった。

人間は神に逆らうことはできない。

何故なら、人間は神から生み出された存在であり、神が思う……否、何も考えずともその存在そのものを無にすることができるのだ。

だが、デストラはそんな生み出された人間の中でも時々生まれるイレギュラーな存在の一人であり、その《絶死》の能力は神から授かったものなどではなく、突如生まれたモノなのだ。

それはユティスや他の『神徒』も同じである。

その存在は『進化の実』とも似ているが、デストラの能力が自然発生だったのに対し、『進化の実』は神々の力の激突という誰も想像することのできない力の流れで突如生まれたものだった。

自然に生まれるものはたとえ魔神や他の神々の手から離れた能力だったとしても、その存在自体は知覚・認識することができる。

だが、そんな魔神と神々が戦った結果生まれた『進化の実』だけは、何もかもが未知だった。

ある意味、ルルネが最も求めていた食べ物こそが、『進化の実』だったともいえる。

そんな能力を持つデストラに殺せない存在はなく、全宇宙、全次元、全時空、どこを見ても、彼の能力より凶悪な力を持つ存在はいない――――はずだったのだ。

「彼の気まぐれが終わり、我々と敵対するにしても、その時点で何かしらの行動は起こしているはずです。ですが、魔神様はおろか、私やゲンペルといった神徒には何の被害もありません」

「で、では、その……教団の人員を減らしているのが……デストラ様なのではないでしょうか……？」

自身の上司を疑うということで、思わず言葉が尻《しり》すぼみになってしまうヘリオに対し、ユティスは笑う。

「その線も確かに考えましたが……それ以上に濃厚なのが、前々から使徒を倒している存在です」

「そ、そんな存在がいるのですか？　我々はユティス様ほどではないにしろ、魔神様から御力をいただいております。それが有象無象共に負けるとは……」

「私もそう思っていました。ですが、ウィンブルグ王国を攻めた使徒たちや、バーバドル魔法学園を攻めた使徒も、すべて倒されていました。何より……その正体を探ろうと私が力を行使しても、分からないのですよ」

「なっ⁉」

苛立《いらだ》たし気にそう告げるユティスに、ヘリオは絶句する。

それはつまり、神徒の力が及ばない存在がいることを意味している。

ある意味デストラの能力もユティスの能力も自然発生という条件が同じだからこそ、その強さはあれど、同等の能力であり、デストラにユティスが干渉《かんしょう》できないということはない。もちろん逆も同じだ。

だが、そんなユティスの能力が完全に効かないのだ。

「本当に忌々しい……ソイツが我々の人員を減らしている原因と決めつけるには早いかもしれませんが……以前の襲撃を乗り越えたウィンブルグ王国や、ヴァルシャ帝国が率先して魔神教団の捜索と掃討を始めましたからね」

「そういえば……ヴァルシャ帝国に送り込んだ第一部隊から連絡が途絶えたままですな……てっきり向こうで楽しんでいるのかと思っていたのですが……」

「恐らく、何者かに邪魔されたか、やられているでしょう」

「ば、バカな！　こちらは『超越者』を数多く用意し、送り込んだのですぞ!?」

「ここに来て、不確定要素が紛れ込んだんですよ。我々の邪魔をする謎の存在ももちろんですが、どうもウィンブルグ王国の『剣騎士』などは『使徒』に対抗できるほど強くなっているようなのですよ。それに、ウィンブルグ王国の王妃でもあるS級冒険者『雷女帝』も前々から我々のことを探っていて目障りでしたからね」

「な、なるほど……」

「ですから一度、私は魔神様から頼まれていることを優先しつつ、裏で新たな駒を集めることにします。他の使徒たちにも派手な動きは慎むように釘を刺すつもりです。ですから、この国の宰相でもある貴方には、もっと世界をかき乱してもらいたいのですよ」

「もちろんですとも！　お任せください」

ヘリオの言葉に満足そうに頷いたユティスは、再び指を鳴らした。

すると、ユティスの背後に黒い渦が出現する。

「さて……それではそろそろ私は行きますが……そういえば、そちらの肉塊もいい感じですね？」

「おお！　そうです、ユティス様！　ワイマール帝国に伝わる秘術を使った結果、この通りでございます！」

「力は中々のモノですが……知性や理性がないのが残念ですね。ですが、駒として使う分にはいいでしょう。くれぐれも頼みましたよ？」

「はっ！」

ヘリオは再びその場に跪くと、ユティスは渦の中へと消えていった。

それを見送り、ヘリオは立ち上がるとすでに連れていかれた死煙を思い出す。

「まったく……陛下を殺せばこの世界が正されるとでも？　とんだお花畑じゃのぉ。人の欲望がある限り、地獄は終わらない。せいぜい、ワシらの駒として生まれ変わるんじゃな」

ヘリオはそういうと、醜《みにく》い化け物となったシェルドを一瞥《いちべつ》し、部屋から出ていくのだった。

次の目的へ

　ルーティアの父親であるゼファルさんを解放した後、無事元の星に帰ってきた俺たちだったが、ここでルーティアとゼファルさんの二人とは別れることに。

「何度も言うようだが、本当に助かった。ありがとう」

「誠一たちがいなかったら……お父さんは助かってなかった。本当に、ありがとう」

　二人そろって頭を下げるので、俺たちは慌てる。

「頭をあげてください！　とにかく、助けることができてよかったですよ」

「そうだね！　それに、私は何もしてないよ？　誠一が全部解決しただけだから！」

「そうだぜ。実際、オレたちがいなくても誠一一人いれば全部終わってた話だしな」

「……ん。気にしないで」

「そ、そうですよ！　むしろ私の方が足を引っ張ってしまって……」

「まあ一応未知なる食べ物は食べれたからな。そこは感謝しておこう」

　約一名、ズレた感想を言っているヤツがいるが、俺たち全員がルーティアに対して気にしていないと言った。

　てか、サリアもアルも俺一人でって言うけど……俺としては特に苦労もしてないし、サリアはルーティアのお父さんの異変に一番に気づいていたり、アルはこの中でも常識人としていてくれたり……とても貢献していたはずだ。

「魔王国に来る機会があれば、最高のおもてなしを用意しよう」

「それじゃあ……またね」

最後に二人はそう言うと、魔王国へと帰っていった。

二人を見送っていてふと思い出したのだが、羊は出てこなかったな。

……封印されていた魔王であるゼファルさんが解放されたのに、ダンジョンは真の踏破をされたことにならないんだろうか？

前は真の踏破じゃなくても羊から手紙があったが、今回はそれすらない。

まあ入り口に転移したんじゃなくて、別の場所に転移したんだからそれも仕方ないけど。だとしたら、真の踏破の条件って何だ？

……考えても全然分からん。アイツ、忘れてんじゃねぇだろうな？　大丈夫か？

ふとそんなことを思ってしまったが、羊から連絡がないので結局答えは分からずじまいだった。

それから俺たちもすぐテルベールまで移動し、今日は色々あったということでそのまま眠りについた。

そして次の日。

俺たちが泊まっている『安らぎの木』で全員そろって食事をしていた。

「さて、当面何かしなきゃなんねぇことはねぇが……どうするかね？　ここんところ依頼も受けられなかったし、何か依頼でも受けるか？」

アルがそう言うと、サリアが手を挙げる。

「はいはい！　私は、孤児院に遊びに行きたい！」

「……ん。私も」

すると、サリアの言葉にオリガちゃんも頷いた。

そんな二人を見て、ゾーラが首を傾げる。

「あ、あの……孤児院ってどんなところなんですか？」

「ああ、ダンジョンにいたゾーラには馴染みがねぇのか……孤児院ってのは、身寄りのねぇ子どもを一定の年齢まで育ててくれる施設だ。もちろん国ごとに設備やら国からの補助なんかも違ってるが、このウィンブルグ王国ではほかに類を見ないくらい手厚い支援をしてるんだぜ？」

「へぇ～。すごいんですねぇ」

アルの説明に感心したように頷くゾーラ。

すると、オリガちゃんがゾーラの服の裾を引っ張った。

「……ゾーラお姉ちゃん」

「はい？　どうしました？」

「……ゾーラお姉ちゃんも一緒に行こ？」

「え、ええ⁉　私もですか⁉　で、でも……私、こんな見た目ですし……」

ゾーラはそう言うと、自身の髪に触れる。

俺たちは何も思わないが、蛇族のゾーラは、髪の毛が無数の蛇になっているのだ。

だからこそ、その髪で子供たちを怖がらせてしまうことを恐れているようだが……。

「大丈夫だよ！　みんないい子だから！」

「……ん。みんな仲良し」

「それに……私が魔物化したら喜んでたし！」

「ちょっとサリアさん⁉　アナタ、孤児院でゴリアになったの⁉」

「え？　うん！」

まさかの事実についツッコんでしまったが……そうか、孤児院でもすでに魔物の姿を見せていたのか……。

俺が孤児院にサリアを迎えに行く時は人間の姿だったからてっきりそのままだと思っていたが……。

「孤児院の先生たちも優しいし、ゾーラちゃんも楽しめると思うよ？」

「……ん。ゾーラお姉ちゃんも優しいから、子どもに人気でそう」

「そ、そうですか？」

「まあ一度行ってみればいいじゃねぇか。この街じゃあ、髪の毛が蛇程度は可愛い個性だぜ？」

「髪の毛が蛇なのって可愛いですむような個性なんですか⁉」

可愛いですんじゃうんだよなぁ……。

アルの言う通り、この街に住む一部の……いや、ギルド本部の連中が個性の塊だからな。

昨日や神徒を送り届けた時も元気に兵隊さんと追いかけっこしてたし。

思わず遠い目をしていると、アルがルルネに訊く。

「そういや、ルルネはどうすんだ？」

「私ですか？　私は……お腹が空いたので、何か食べてます！」

「今食事中なんだが？」

なんで飯食ってんのに腹が減るの？　おかしくない？

やっぱり俺が打ち返した種を食べたことでおかしな進化を遂げてない？　確かにルルネも『進化の実』は食べてるけどさ。

「あー……まあルルネのことはこの際いいや」

「え⁉」

「……アルお姉ちゃんの判断は正しい」

「とにかく、それぞれやりたいことがあるんだな。んで……」

「ん？」

アルはそこで言葉を区切ると、何故か俺に視線を向ける。

いや、アルだけじゃなく、サリアたちも俺の方に視線を向けていた。

「な、何？」

「いや、何じゃねぇよ。お前はどうすんだ？」

「え、俺？」

「そうだよ。お前だけ今日の予定言ってねぇじゃねぇか。その……何だ？　もし暇だってんなら、お、オレと一緒に依頼受けてもいいぜ？」

顔を赤く染めるアルの提案を魅力的に感じながら、俺はふと無意識に呟いていた。

「休みが……欲しいなぁ」

「は？」

俺の言葉が予想外だったのか、アルはきょとんとした表情を浮かべている。

サリアたちもお互いに顔を見合わせ、驚いていた。

「や、休みっていうと……あれか？　休日に買い物に出かけるみたいな？」

「それも休みなんだろうけど……何だろう、もっとこう……遊びたい」

「遊びたいぃ？」

怪訝そうな表情を浮かべるアルは、ふとした疑問をぶつけてきた。

「そういや、誠一は異世界の出身だったな。んじゃあ、異世界ではどんな休日の過ごし方をするんだよ？」

「え？　んー……友だちと遊びに出かけたり……」

まあ高校時代は虐《いじ》められてたのでそんな経験は小学校以来皆無ですが。

「あとは……家でゴロゴロしたり？」

「だらしねぇなぁ……せっかくの休みに何もしねぇのかよ？」

「する気力がわかないって人も案外いたからなぁ」

社会人になると、会社によっては本当に休みの日は寝ているだけっていう人もいるくらいだし。

これが一部の人間だけってのも分かってるけど、少なくないだろう。

「じゃあ質問を変えるぞ。異世界ならではの休日の過ごし方みてぇなのはねぇのか？」

「地球ならでは？」

「確かに、気になる！」

サリアも目を輝かせてそういうように、他の面々も気になるようだ。

とはいえ、地球ならではっていわれると……まあ遊園地とかゲーセンとかになるのかね？

そういった遊ぶための場所ってのがこの世界にはないし。

いや、一応あるにはあるんだが、大人の遊びだからなぁ。

お姉さんのいるお店や、カジノとか……そんなのがほとんどで、家族で遊びに行くための場所ってなると存在しない。

それに、ゲーセンなんかは地球の電気というエネルギーや機械を使っているから、異世界じゃあ見ることはないだろう。

遊園地は魔法を使えば地球の施設よりもっと面白そうなものができそうだけどな。

俺の話を聞いたアルは、どこか感心したように頷く。

「はー……そんな風に誰もが楽しめる場所ってのが異世界にはあるんだなぁ」

「……遊園地、面白そう」

「ねー！　いつか行ってみたいね！」

サリアの言葉にふと思ったが、もしかして俺って地球に帰れたりするんだろうか？

だって、惑星間移動をすでにしちゃってるんだよ？

……できる気がするなぁ。

今すぐ確認ってのは魔神教団の問題とかあって難しいし、本格的に帰れるんなら翔太《しょうた》や神無《かんな》月《づき》先輩たちがいる時じゃないと。

「じゃあさ。この世界でその……ちきゅう？　って異世界と同じように遊べることはねぇのか？」

「ほら、例えば……そうだな。昨日までいた【嘆きの大地】は暑かったろ？　そんな暑い日とかはどうしてんだ？」

「えー？」

「あー……暑い日ってか夏はプールや海水浴だなぁ……って……」

そこまで言いかけて、俺はふとやりたいことに気づいた。

「この世界に来て、海の方に行ったことがねぇ」

「え？」

「いや、正確には一度だけ……カイゼル帝国の兵士と魔神教団の使徒を陸ごと海に捨ててきたことはあったが……」

「その状況がおかしいと何故思わねぇんだ？」

まったくもってその通りでございます。

周囲の雰囲気に俺も流されてたんですよ。黒歴史ですね。昨日もその歴史の一ページを更新したばかりだけど。

「と、とにかく、この世界で海ってのをちゃんと楽しんだことがないから、海に行きたいかな？」

「海かぁ……オレもかれこれ何年もそっち方面には行ってねぇなあ」

「海ってどんなところなの？」

「あれ、サリアも海を知らねぇのか？」

　すると、不思議そうにサリアがそういうので、アルが驚いた表情を浮かべる。

「うん！　誠一と一緒に旅に出る前までは、ずっと森にいたから！」

「……今でこそサリアが魔物だって分かるが、サリアみたいな美少女がずっと森にいたって言うと違和感がすさまじいな……」

「え⁉　アルに美少女って言われた！　えへへ」

「……違和感がスゲェよ」

　アルに美少女って言われたのがよほど嬉しかったのか、サリアは照れ笑いを浮かべた。

　こんなに可愛い女の子だけど、ゴリラなんだ。でも可愛い。

「まあサリアの方は分かったが……オリガちゃんたちはどうだ？　それこそゾーラなんて海は知らねぇんじゃねぇか？」

「は、はい。名前とかは聞いたことありますけど、実物は……」

「……私も。依頼で他国に行く時も、陸路だけだし、海側の国に行くことはなかった」

「そっか」

「……ん。くすぐったい」

　アルはそう言うと、オリガちゃんの頭をなでた。

　オリガちゃんはカイゼル帝国に隷属《れいぞく》させられてた頃から、俺らなんかより色々な国を行ってるんだろうけど、どれも楽しむことさえできなかったんだろうな。

「ルルネは――まあいいか」

「えええええ⁉　あ、アル様⁉　私だけ扱いが酷くないですか⁉」

「いや……お前をどう扱えばいいのか分かんねぇんだよ……」

「ツッコミのアルに見放されちゃあおしまいだな！」

「主様まで⁉」

「……いや、好きでツッコんでるわけじゃねぇからな？　お前らが普通でいてくれればオレだってなんも言わねぇよ」

「え、俺も普通じゃないって⁉」

「テメェが一番普通じゃねぇよッ！」

おかしい。

絶対俺よりルルネの方が普通じゃねぇよ。見てみろよ。どこからどう見ても普通な人間じゃねぇか。失礼しちゃうぜ。

「はぁ……まあいいや。でも、皆海に行ったことがねぇっていうんなら、この際海に行くのもありだな」

「じゃあみんなでお出かけだね！」

「ま、すぐにってわけにもいかねぇだろうがな。それこそ、サリアたちが言ってたようにそれぞれ今日はやりたいことをやってよ。んで、その次に海に行くってのでいいんじゃねぇか？」

『賛成！』

まとめてくれたアルの言葉に、俺たちはそう声を上げた。

すると、俺たちの食べ終わった食器を回収しに、この宿屋の看板娘のメアリがニヤニヤしながら近づいてきた。

「ねぇねぇ、誠一さんたち、海に行くの？」

「ん？　そうだな。たった今そう決まったところだ」

「いいわねぇ、誠一さん。こんな可愛い女の子に囲まれて海に行けるなんて……」

「い、いや……そりゃそうだけど……」

メアリにそう言われたことで、改めてアルやサリアといった可愛い女の子と海に行くんだという実感がわき、急に恥ずかしくなってきた。

するとサリアはニコニコしているが、アルも同じように恥ずかしくなったのか、顔を赤くしてわたわたしている。

「でも、どうして急に海に行くなんて話になったの？」

「へ？　そういや……海に行ってないから海に行きたいってのは分かったが、そもそも誠一はなんで休みが欲しいなんて言ったんだ？」

「ああ……それこそ昨日まで俺たちダンジョンに行ってただろ？」

「まあな」

「その前もヘレンとダンジョンに行ったり、何か知らないうちにそのままヴァルシャ帝国までいって戦争に巻き込まれて、敵を全部海に捨ててきて……」

「待って。戦争に巻き込まれるって何⁉ というより海に敵を捨てるってどういうこと⁉」

「ああ、よかったぜ……オレだけがおかしいんじゃねぇかって思ってたが……これが普通の反応だよな……」

「いや、アルトリアさんはアルトリアさんでなんで泣いてるの⁉ 誠一さんの言葉、おかしなところしかなくない⁉」

「事実だからなー」

「ちょっと頭がおかしくなりそうだから仕事に戻るね」

メアリは目を回しながら頭を押さえ、仕事に戻っていった。酷い。

「まあいいや。とにかく、それだけ色々なことがあって、忙しかったなぁと。もちろん肉体的には全然疲れてないし、何なら冒険者って仕事がそもそも不定期というか、やるかやらないかは自己判断だから俺も働いてるって感じじゃ……あれ、なんで休みが欲しいんだ？」

「知らねぇよ⁉ てか今それを訊いてるんだからな⁉」

い、いかん。社畜的な思考回路になってないか、俺よ。

「そ、そうだ！　精神的な疲労がある！　……ような、ないような……やっぱり何で休みたいんだ？」

「よし、休め」

アルは真面目な顔でそう口にした。

ヤバいな。このままいくと、休日がない人になっちまう。

こりゃあアルの言う通り、意地でも休まねぇと。

「はあ……まあ確かに誠一は忙しかったもんな。それに、今すぐ何かをしなきゃいけないってこともねぇし、この機会にちょっとばかし休憩するのも悪くねぇな」

「……ん。昨日帰ってきてから寝る前に情報屋で魔神教団の話を聞いたけど、特に動いてる様子もない。他に問題のあるカイゼル帝国もウィンブルグ王国の侵攻に失敗してからはこっちに手を伸ばしてないし、いいと思う」

なんと、オリガちゃんは帰ってきて情報屋なんていう存在から情報を買っていたようだ。すごいな。そんな職業が本当に存在することにも驚きだが、それを使いこなすオリガちゃんよ。

そんなこんなで、俺たちの次の目的地は、海に決定するのだった。

◆　◆　◆

誠一たちが海水浴に行くと決定した頃、カイゼル帝国の勇者である神無月華蓮や高宮翔太たちは――――。

「ハッ⁉　誠一君／せいちゃんの水着姿だって⁉」」

「いや、何言ってんすか？」

——カイゼル帝国の辺境の廃村に身を隠していた。

まるでこの世の終わりと言わんばかりに絶望している華蓮《かれん》と愛梨《あいり》の二人に、翔太は冷めた目を向けていた。

だが、逆に華蓮たちはそんな翔太を信じられないと言わんばかりに見つめる。

「翔太、君には分からないのか？　誠一君が……私以外の女の前で水着になるということが……！」

「そうっスよ！　せいちゃんが水着になるんすよ⁉　なんでそんな冷静なんスか！」

「え、俺がおかしいのか？」

「……さあな」

翔太がそう話しかけた相手は、なんと……誠一が担任として受け持っていたFクラスの生徒、ブルードだった。

「それよりも落ち着け。ここは辺境の地とはいえ、兵士が通りかからないとも言い切れん。なんせ近頃はあちこちで戦争を仕掛けているからな。こちらの方にまで兵を差し向けていてもおかしくないだろう」

「むぅ……」

「まあ……見つかっちゃったら困るっスもんね……」

ブルードの言葉に、華蓮たちは渋々口を閉じた。

何故、華蓮たちがブルードと行動を共にしているのか。

それは、どれも偶然の一致だった。

ブルードはバーバドル魔法学園が閉鎖された後、母国であるカイゼル帝国に戻っていた。

だが、戻った先でも結果として兄であり、第一王子のテオボルトに色々絡まれるのは目に見えていた。

だからこそ、ブルードは帰ってすぐ、自身のメイドであるリリアンを引き連れ、逃げ出そうとした。

しかし、テオボルトはそのことをすでに読んでおり、自身の護衛騎士などを連れ、ブルードを痛めつけようとしたところを――――。

「戻ったぞ」

「おら、飯持ってきたぜー」

「そ、外は特に異常はありませんでした！」

アグノスとベアード、そしてレオンの三人が助けに来たのだ。

学園を出てから、分かれた三人だったが、それぞれブルードの立場を心配しており、アグノスがベアードとレオンを連れて来たのだ。

そのおかげで、ブルードたちは無事に帝都を脱出でき、今は人がいない辺境の廃村にまで逃げてきていた。

すると、同じように学園が解体される前にカイゼル帝国によって招集がかけられた勇者たちだったが、その移動の最中に華蓮の提案でその一行から抜け出し、ブルードたちのいる村に華蓮たちはたどり着いたのである。

幸い、カイゼル帝国の兵士たちは勇者の腕につけられた【隷属の腕輪】のことを知っていたため、逃げるなどとは考えてもおらず、監視が緩かったために今回の脱出が成功した。

監視の緩い兵士の態度からも、華蓮はそろそろ勇者という立場が危うく、強制的に動かされる予感がしたため、他の人間を切り捨てるか迷っていたが、ようやくその決心をつけ、行動に移した。

その脱出に参加したのは、華蓮や翔太といった誠一の幼馴染メンバーに、愛梨とその友達のグループ。

そして――――。

「あ、あの……本当に抜け出して大丈夫だったんでしょうか？」

日野陽子《ひのようこ》だった。

日野がこの場にいるのは華蓮が誘ったからであり、誘ったわけは、日野は誠一が虐められていた時に誠一に手を差し伸べていた人物だということを知ったからだ。

華蓮にはできなかったことを、日野はやっていた。

それだけでも華蓮にとっては尊敬に値し、同時に悔しく、手を差し伸べるに値する人物だと思っていた。

それに、以前日野が素行の悪い女子グループに絡まれているところを誠一が助けたことを覚えており、その時から日野に接触するようになり、誠一が日野の腕輪も解除していると知ってから、ますます助けないわけにはいかないと思ったのだ。

……ただし、誠一の手で腕輪をつけられた三人目の人間ということで、華蓮と愛梨の心は穏やかじゃなかったが。

ともかく、勇者一行から何とか逃げることのできた華蓮たちは、なるべく村などには寄らず、人の手の入っていない森などを移動していた。

すると、偶然食料調達のために狩りに出ていたアグノスたちと遭遇し、お互いに顔を覚えていたことから情報交換や近況報告をしたところ、こうして一緒に過ごすようになった。

食料として狩ってきた魔物を、ベアードとレオンが手分けをして捌いていく。

アグノスも捌けないことはないが、元々大雑把な性格のため、丁寧《ていねい》に捌く二人の方が適任だった。

そして、捌いた肉は、ブルードの専属メイドであるリリアンに渡され、リリアンは手際よく料理を始める。

もちろん勇者組も、日野や翔太の彼女である絵里《えり》たちが率先して手伝っていた。

「それにしても……こうしてここに留まってるけど、どうするつもりだ？」

翔太がそんなベアードたちを眺めつつ、ブルードにそう訊く。

すると、ブルードは静かに目を閉じた。

「……俺としては、このまま静かに過ごしたいがな。だが、俺の立場上そういうわけにもいかん」

「ああ？　何言ってんだよ。立場とかどうでもいいじゃねぇか。無視して別の国に行こうぜ？」

「アグノス。それが難しいことくらい、貴様でも分かるだろう？　カイゼル帝国は、この大陸にあるほぼすべての国を手中に加えた。逃げ場などない」

「ウィンブルグ王国ってところはまだ無事らしいじゃねぇか。そこに行けばいいんだよ」

「その平穏も時間の問題だろう。どう考えても……今のカイゼル帝国の兵は異常だ。それに、ここからウィンブルグ王国は遠いし、何より間に別の国を通る必要がある。特にカイゼル帝国を退けたウィンブルグ王国へ向かう道や関所などは警備が厳しいだろうな」

「な、何でそんなに他国へ向かう連中を警戒するんだよ」

「それはもちろん、国民が逃げれば、貴族どもには金が入らなくなるからな。それが困るんだよ」

「ふむ……知っていたが、改めて聞くとカイゼル帝国の腐りっぷりが分かるな」

「か、神無月先輩!」

歯に衣着せぬ物言いに、慌てて翔太が止めようとするが、ブルードは気にした様子もなく静かに首を横に振った。

「いい。事実だからな。この廃村も……父上が重税に重税を重ね、立ち行かなくなった村の一つだ」

「そんな……」

絶句する翔太に対し、ブルードはどこか遠くを見つめた。

「こういっても信じてもらえぬかもしれんが……昔のカイゼル帝国は、今とは違っていたのだ」

「はあ? ウソ言ってんじゃねぇよ!」

すぐさまアグノスがバカにしたように反応するが、ブルードは特に言い返さない。

「そう言われても仕方ない。だが、父上ではなく……おじい様が国を治めていた頃は、今のように他国を侵略することもなく、平和だったのだ」

「そういえば……カイゼル帝国の情勢が荒れ始めたのは、先代帝王が退位されてからだったな」

魔物を捌き終えたベアードが、ふとそんな情報を思い出したように呟いた。

その言葉に、ブルードは頷く。

「ああ。ベアードの言う通り、父上が帝位を継いでから……すべてが変わってしまった。父上こそが、今のカイゼル帝国となった原因といってもいい」

「マジかよ……てか、ブルードのじいさんはなんで退位したんだよ？　寿命か？」

「いや。まだ若かったが……呪いにかかってな。目覚めなくなった」

「それは……」

この世界では呪いとは強力なモノであり、解呪する方法はないとされていた。

そのため、ブルードの祖父が呪いにかかり、起き上がれなくなってしまっては、もはや未来はなく、結果として息子であるシェルドが帝位を継いだのだった。

「ともかく。俺としてはこの現状をどうにかしたいが……それをするだけの力もなく、途方に暮れていたのだ」

「なるほど……」

「そういう貴様らはどうなのだ？　勇者としてカイゼル帝国に召喚されたが、こうして逃げ出したわけだ。何かしらの目的があるのだろう？」

ブルードの質問に対し、正直翔太たちはどこに向かっているのか分からなかった。

ただ、ひとまずあの集団についていくことだけは不味いと、本能的に察知していたのだ。

すると、今まで翔太たちを先導してきた華蓮が口を開く。

「私たちの目的は……誠一君のもとに向かうことだ」

『！』

その言葉は、翔太たちだけでなく、ブルードたちも驚かせた。

そんなみんなの様子を気にもせず、華蓮は続ける。

「もはや勇者たちに見切りをつけた私は、ここにいる面々と誠一君さえいればいい。だからこそ、まずは誠一君のもとに向かいたいのだ」

「なるほど……だが、誠一先生の行方は分かっているのか？」

「いや、分からない。だが、少なくとも誠一君がいる場所は、カイゼル帝国の手には落ちていないはずだ。つまり、まだカイゼル帝国の手に落ちていないウィンブルグ王国かヴァルシャ帝国に誠一君がいるということになるが、私はウィンブルグ王国にいると睨んでいる」

「それは……」

ブルードはその滅茶苦茶な推測を咄嗟に否定しようとしたが、次々と思い出す誠一のぶっ飛んだ行動の数々に、否定の言葉が一切出てこなかった。

それはベアードたちも同じで、目を見開いている。

「驚いた……まさか否定することができないとは……」

「た、確かに誠一先生がいれば、カイゼル帝国とか関係なさそう……ってごめんなさい！　口をはさんで！」

そんな驚きの表情を浮かべる面々だが、華蓮はさらに自信に満ちた表情で口を開いた。

「ちなみに、ヴァルシャ帝国ではなく、ウィンブルグ王国に誠一君がいるという決定的なものがある」

「そ、それは……？」

「私の勘だ」

『…………』

空気が凍り付いた。

滅茶苦茶とはいえ、皆が納得するような推測を口にし、さらには時折鋭い指摘も入れる華蓮が、何を言っているのか。

そして、バーバドル魔法学園の家庭科室で、散々変態っぷりを目にした日野以外の面々は、これ以上ないほど納得してしまった。

「私の、勘だ」

「二度言わなくていいですから！」

「ならば何故黙るんだい？」

「アンタの勘ってのが一番納得できちゃった自分に黙ってるんだよッ！」

翔太のツッコミを受け、華蓮はよく分からないと言わんばかりに首を傾げた。

ただ一人……愛梨を除いて。

「分かる……分かるっスよ……せいちゃんがいる方向が、分かるんスよね……」

「さすがに愛梨君は分かるか。まったく、これだから誠一君素人は……」

「誠一素人って何だよ⁉」

もうツッコミが追い付かなかった。

「まあとにかく。私たちはウィンブルグ王国に行こうと思っている」

「……それはよく理解したが……言った通り、ウィンブルグ王国に続く道は兵士どもが巡回しているぞ？」

「それも想定済みだ。逃げ出したとはいえ、こう見えて私たちは勇者の中でも優秀でね。突破してみせるとも。それに、これが誠一君への愛の試練なのだと考えればぬるいほどさ！」

「……どうやら、決意は固いようだな」

どんな理由であれ、困難だと言われている道を進むという華蓮に、ブルードは眩しさを感じた。

「というわけで。ブルード君たちも一緒に来ないか？」

「は？」

まさか誘われると思っていなかったブルードは、間抜けな声を上げた。

「何をすればいいのか迷っているんだろう？　なら、私たちと一緒に来たらいい」

「だ、だが……」

「言い訳も行動に移して何をするのかも、ウィンブルグ王国についてから考えればいいんだ。それからでも遅くはないと思うが？」

「……」

「何より、誠一君がいるからね」

「ブルード、絶対に行った方がいいぞ」

「俺もそう思う」

「う、うん」

「貴様ら……」

華蓮の誠一がいるという一言で、アグノスたちは一瞬にしてそう結論付けた。

そんなアグノスたちにため息を吐きながらも、ブルードは決意をする。

「分かった……いいだろう。たとえたどり着くまでが困難だとしても……誠一先生に会えれば、それですべてが解決するだろうからな」

――こうして、華蓮たちはお互いにウィンブルグ王国に向かうことを決めると、それぞれが準備に取り掛かるのだった。

番外　ゾーラと孤児院

次の目的地が海と決定した後、誠一たちはそれぞれ予定の場所へと向かった。

アルは体が鈍らないようにと誠一に戦闘訓練の相手を頼み、ルルネは食べ歩きに。

そして、サリアとオリガ、ゾーラの三人は孤児院に向かった。

「クレアさん、遊びに来ました！」

「……こんにちは」

「こ、こんにちは！」

「あらあら、サリアちゃんにオリガちゃん！　っと……貴女は？」

サリアが声をかけると、出てきたのは孤児院の院長にして、ベルフィーユ教のシスターであるクレアだった。

クレアはサリアとオリガの二人を見つけるとだらしない笑みを浮かべたが、その横にゾーラがいることに気づき、首を傾げる。

すると、ゾーラは慌てて頭を下げた。

「そ、その……私、ゾーラって言います！　きょ、今日は、サリアさんたちのお誘いで
――――」

「さ、三人目の天使ぃぃぃいいい⁉」

「ふぇ⁉」

ガバッ！　とゾーラに抱き着き、その顔をまじまじと見つめたクレアは叫んだ。

「ちょっとちょっと、どうなってるのよ、サリアちゃんの知り合いは⁉　天使しかいないわけ⁉　え、私死ぬの⁉」

「あ、あの⁉」

「ね、ゾーラちゃん可愛いよねぇ」

「……ん。ゾーラお姉ちゃん、可愛い」

「さ、サリアさん、オリガちゃん⁉」

今まで出会ったことのない人間のテンションの高さに、ゾーラは困惑する。

そんなゾーラの気持ちに気づいたクレアは、気まずそうに……それでいて本当に名残惜しそうに離れた。

「ごめんなさい……つい興奮しちゃったわ」

「い、いえ。その……怖く、ないんですか？」

石化の眼は、伝えなければ分からないとはいえ、蛇の髪は、怖がられるだろう。

そう考えていたゾーラだったが、クレアは心底不思議そうな顔を浮かべた。

「ええ？　どうして？　可愛いじゃない」

「──────」

「ね？　言ったでしょ？」

まさか本当に怖がられないと思わなかったゾーラは、言葉を失った。

すると……。

「あー！　サリアお姉ちゃんが来てるー！」

「オリガちゃんもいるよー！」

「あれー？　誠一お兄ちゃんはー？」

「誠一お兄ちゃんはいらないからいーや」

「先生、おしっこー」

次々と教会から子供たちが出てきた。

そして、子どもたちはゾーラを見つけると目を輝かせる。

「わあ！　新しいお姉ちゃんだー！」

「へびさんだー」

「カッコいい！」

「ちがうよ、かわいいんだよぉ？」

「ええーきれいだよー」

「えっと、あの、その……！」

何の警戒心もなく近づいてくる子供たちに、ゾーラはただ慌てふためく。

「あらあら、ゾーラちゃんも人気者ね。なんてったって、天使ですから！」

「いんちょーせんせーまた鼻血だしてるー」

「まえにみちゃダメっていわれたひとと、おなじおかおだー」

「まあ⁉ 誰⁉ 今、ギルド本部の変態と同じって言ったのは！」

「きゃー。せんせいがおこったー」

楽しそうに逃げる子供を、クレアは追いかける。

いかにギルド本部の面々がヤバいのか、これでハッキリと分かるが、本当のことなので誰も否定することができなかった。

子どもと追いかけっこを始めたクレアを、唖然とゾーラが見つめていると、不意に服の裾が引っ張られた。

慌ててその方向に目を向けると、一人の女の子がぬいぐるみを見せて、にぱっと笑った。

「お姉ちゃんも、あそぼー？」

「っ！ は、はい！」

たくさんの子供たちに引きずられるように連れていかれたゾーラだったが、無邪気にはしゃぎ、ゾーラを怖がることなく接してくれたことで、最後にはゾーラも孤児院の子供たちと仲良くなった。

そんな光景を、オリガちゃんとサリアは優しく見つめる。

「よかったね、ゾーラちゃん!」

「……ん。ゾーラお姉ちゃん、楽しそう」

「よぉし……私たちも遊んじゃうぞー」

「……おー」

そして、その子供たちの輪にサリアたちも加わり、ゾーラはとても楽しい時間を過ごしたのだった。

番外　アルと誠一の戦闘訓練

海に行くと決定した後、アルの戦闘訓練に誘われた俺は、訓練のためにテルベールの外に出かけた。

そこはかつてこのテルベールに来たばかりの頃、俺がギルドに入るための試験として薬草採取をしたところだった。

いやぁ……あの時も色々あったなぁ……目的の薬草は見つけられないし、魔族の変な三人組に出会うし……。

そんなことを思い出していると、準備ができたアルが、武器を構える。

「──んじゃあ、行くぜ？」

「いつでもいいよ」

俺がそう答えた瞬間、アルは一気に俺目掛けて走ってきた。

「オラっ！」

「よっと」

今回の訓練内容だが、アルの攻撃を俺がひたすら避けるというもので、俺自身は回避の練習になるし、アルは全力での戦闘を続ける体力をつけることができる。

だからこそ、アルはその一撃一撃に渾身の力を込めていた。

「死ねやおらぁ！」

「死ね⁉」

まさかそんな罵倒をされるとは思わなかった俺は、驚きながらも避けると、アルの武器である巨大な斧が地面に激突した。

その瞬間、地面は大きくひび割れ、周囲に地面の破片が飛び散る。

「いや、殺意高過ぎでしょ⁉」

「全力で殴るんだからこうなるんだよッ！　いいから、食らえ！」

「こっちは避ける訓練なんですが⁉」

食らえとは言いますけど、食らったらダメなんですって。

本当に殺す気なんじゃないかと言わんばかりのアルの攻撃を避けていると、アルは顔をしかめながら叫ぶ。

「いつもいつもぶっ飛んだことしやがって……それに付き合わされるオレの気持ちが分かるか⁉」

「ごめんなさい⁉」

いや、そのことに関してはいつもご迷惑をおかけしております。はい。

謝りはしたものの、アルの攻撃の手は緩むことなく、むしろどんどん加速していった。

「お前がとんでもなく強いってのは分かってる！」

「は、はい！」

「分かってるけど……！　心配するんだよ、こっちは！」

「っ！」

アルの言葉に、俺は思わず動きを止めそうになった。

だが──。

「だから、心配させた罰としてぶっ飛ばされろ！」

「そ、それは遠慮しまあああす！」

アルの攻撃を避け続けていると、常に全力で攻撃するのは相当の体力を使うため、徐々に動きのキレが悪くなってきていた。

そして、もうこれ以上動けないだろうというくらい、息を荒らげた状態のアルは、キッと俺を睨むと、最後の一撃として思いっきり一歩を踏み出した。

だが、気力としてはまだまだいけると思っていたようだが、やはり体の方に限界がきていたらしく、アルの足が絡まった。

「あ──」

「おっと」

俺はそれをすかさず支えるが……その結果、アルを正面から抱きしめるような形になっていることに気づいた。

「おわっ⁉　と……す、すまん――――」

そう謝り、アルから急いで離れようとすると、なんとアルは俺から離れようとしなかった。

「あ、あのぉ……あ、アルさん……？」

「……あんま心配かけんじゃねぇよ」

「あ……ごめんね。それと……心配してくれて、ありがとう」

「……ん」

本当に心配してくれているアルに、俺は自然と頭をなでていた。

しばらく頭をなでていると……。

「オラッ！」

「ぐえ！」

突然、腹を殴られた！　な、何故に⁉

痛くはないが、思わず声を上げると、アルは俺から離れ、背中を向ける。

「ケッ……今ので許してやるよ」

そう口にするアルだったが、耳が赤くなっているのを見て、思わず俺も先ほどの行動を思い出して恥ずかしくなった。う、うわあああ……。

「んじゃ、疲れたことだし……誠一のおごりで、何か食わせろよ！」

そして、俺の方にもう一度顔を向け、そう笑うアルの笑顔は、とても綺麗で、魅力的だった。

進化《しんか》の実《み》～知《し》らないうちに勝《か》ち組《ぐみ》人生《じんせい》～⑪

2020年8月2日　第1刷発行

著者　美紅《みく》

発行者　島野浩二

発行所　株式会社双葉社
〒162-8540
東京都新宿区東五軒町3-28
電話　03-5261-4818(営業)
03-5261-4851(編集)
http://www.futabasha.co.jp
(双葉社の書籍・コミック・ムックが買えます)

印刷・製本所　三晃印刷株式会社

フォーマットデザイン　ムシカゴグラフィクス

落丁・乱丁の場合は送料双葉社負担でお取り替えいたします。[製作部]あてにお送りください。
ただし、古書店で購入したものについてはお取り替えできません。
[電話]03-5261-4822(製作部)

定価はカバーに表示してあります。

ISBN978-4-575-75272-4　C0193
Printed in Japan

Mみ01-11

モンスター文庫

必勝ダンジョン運営方法 1
雪だるま
YUKIDARUMA
画 ファルまろ
FARUMARO
ある日、アパートを訪ねてきた女神ルナに、異世界でのダンジョン運営をお願いされた鳥野和也。渋々ダンジョンマスターとなった和也は、まずはゴブリンやスライムを鍛えることにする。2日後、剣士や魔術師、元王女の奴隷などからなるパーティーが、ダンジョンに紛れ込む。和也はゴブリンたちとともに迎え撃つが……露天風呂を作ったり、エルフの少女たちを教育したりと、ダンジョンマスターは今日も大忙し！「小説家になろう」発、大人気迷宮ファンタジー！
モンスター文庫

発行・株式会社　双葉社